林殊文 —— 著

欲买桂花同载酒，终不似少年游

光明日报出版社

图书在版编目（CIP）数据

欲买桂花同载酒，终不似少年游 / 林殊文著.
北京 ： 光明日报出版社，2025. 7. -- ISBN 978-7-5194-
8667-9

Ⅰ．Ⅰ212.01

中国国家版本馆CIP数据核字第2025M9M701号

欲买桂花同载酒，终不似少年游

YU MAI GUIHUA TONG ZAI JIU, ZHONG BU SI SHAONIAN YOU

著　　者：林殊文		
责任编辑：孙　展	责任校对：徐　蔚	
特约编辑：闫雯晰	责任印制：曹　净	
封面设计：仙境设计		

出版发行：光明日报出版社

地　　址：北京市西城区永安路 106 号，100050

电　　话：010-63169890（咨询），010-63131930（邮购）

传　　真：010-63131930

网　　址：http://book.gmw.cn

E - mail：gmrbcbs@gmw.cn

法律顾问：北京市兰台律师事务所龚柳方律师

印　　刷：河北文扬印刷有限公司

装　　订：河北文扬印刷有限公司

本书如有破损、缺页、装订错误，请与本社联系调换，电话：010-63131930

开　　本：146mm×210mm		印　张：7	
字　　数：140 千字			
版　　次：2025 年 7 月第 1 版			
印　　次：2025 年 7 月第 1 次印刷			
书　　号：ISBN 978-7-5194-8667-9			
定　　价：49.80 元			

序

听风八百遍，才知是人间

看到网上有人说：

年少时初读《送东阳马生序》，不以为意，长大后才明白，别说读书太苦，那是我们去看世界的路。

恋爱过才读懂《氓》，年少时以为爱情是山盟海誓的热烈，是奋不顾身的勇敢。但如果爱得太卑微，也终是遍体鳞伤。

找工作时才读懂《孔乙己》，寒窗苦读十多年换来的学历，却成了我们脱不下的长衫和下不了的高台。

领略了社会名利场上的"熏风"后，才想起《范进中举》，最初嘲笑范进，后来理解范进，最终却也成不了范进。

……

当少年的懵懂无知，变成中年的饱经风霜，我们以成长为代价。直到那些再也回不去的时间和渐行渐远的人，慢慢模糊成我们记忆中的影尘。

初读不知书中意，再读已是书中人。

就在这一刻，某些记忆的波涛排山倒海般朝我奔涌而来，重重地砸向了我。小时候，老师、父母和朋友所说的、那些在当时听来一知半解的话，在某一瞬间倏然地融会贯通了，就像成熟的豆荚，在初秋的微风中，"咔嚓"一声爆开了。

也许，这就是成长的瞬间吧。

人不是活一辈子，而是活几个瞬间。人生的每一段时光中，值得我们铭记的事仿佛就那么几件。

对于书中的每一篇文章，我们或许似曾相识，或许耳熟能详，但今天所感受到的意蕴真谛与以前肯定是截然不同了。一篇篇文章仿若化身一位又一位和蔼可亲的老者，与我们相对而坐，促膝长谈，在他们的循循善诱之间，那些曾经没有读懂的谆谆教诲与肺腑之言，穿过漫长的幽幽光阴，与沉甸甸的人生发生真实的碰撞，电光石火之间，我们才终于解锁了前人的智慧良言。

这时，你真想由衷地感慨：原来世间的繁华盛景、颠沛流离，早就被古人写进诗文里了。原来，我们的生活和困境，古人也早就体验过了！

杨绛先生说："年轻的时候认为不读书不足以了解人生。直到后来才发现如果不了解人生是读不懂书的。"

罗曼·罗兰也曾说过："世界上只有一种真正的英雄主义，

那就是看清世界的真相后，依然热爱生活。"

　　每一个大人都曾是小孩，只是很少有人记得。当小时候那些读不懂的故事，成为我们长大后的真实生活，才幡然领悟我们曾梦寐以求的长大，竟然是这般滋味！小时候真傻，居然盼着长大……

　　如果感到无能为力，那就顺其自然吧；如果心无所恃，那就随遇而安吧。年轻时执着什么都不为过，成熟时放弃什么都不是错。

　　这烟火人间，事事遗憾，却也事事值得。

　　若能知遗憾而惜当下，那么往后所有的经历，便都会让你邂逅生命里最美的风景。

　　最后，愿你历尽千帆，归来仍是少年；愿你听风八百遍，才知是人间。

目录

辑一

只有那年，
胜过年年

年轻的时候认为不读书不足以了解人生。直到后来才发现如果不了解人生是读不懂书的。

刻舟求剑：

只有那年，胜过年年

　　战国时期，有一个楚国人搭乘一条船过江，船驶到江心时，他一不小心，把随身的宝剑从船上掉到江里去了。他随即在船舷上刻了一个标记，并暗自嘱咐自己道："记住，我的剑是从这儿掉下去的！"

　　等船过了江，他才从容不迫地按照他在船上刻下的标记，跳下水去寻找。试想船早已离开江心靠岸了，而掉在江中的剑怎么会跟着船一起移动呢？当一个人已经向前走过了很远的路程，再回过头去寻找当初丢失的东西，又怎么会找得到呢！

　　刻舟求剑，每一个孩童都听过的寓言。

　　世人无不嘲笑这个刻舟求剑之人的愚蠢，可是你真的读懂这个故事了吗，还是仅仅听过这个道理而已？如果一个深刻的道理没有跟自己的人生发生激烈的碰撞，没有和现实发生真切的联系，它便永远只是一个理论。直到你经历世事沧桑，在无可奈何之间有了切肤之痛，才恍然惊觉，原来自己也是那个刻舟求剑的愚人，此时你才真的领悟了它深刻的内涵。

楚人丢失了珍贵的宝剑，而有人弄丢的是一个爱而不得的人，他（她）又该如何安放这人生的遗憾呢？

人生最美好的事情莫过于爱情，初见时的美好在每个人心底都难以忘怀，相处时的甜蜜光阴也让人怀念。然而世事无常、人心易变，当初那个把你捧在手心的人，有一天开始变得敷衍了事，此时你的鸵鸟心态就是一种对对方的纵容，而他的朝三暮四何尝不是对你的欺骗。如果一味隐忍，试图以削足适履的方法换取他的回心转意，也不过是对自己的不尊重和不负责。生活是自己的，当对方心意变幻、感情消散的时候，我们何不潇洒地做回自己。

可是，人总是会一次又一次地爱上第一眼就喜欢的东西，不是吗？

难道那些一起走过的路、看过的风景，一起经历过的一场又一场的往事，就真的能够轻易地一笔勾销吗？

某天，和一位朋友坐在一个安静的酒吧里，她闷闷地喝下一大口鸡尾酒后，突然低声地诉说："当我瞒着所有人，跨越两千多公里，从北京飞到深圳，一个人坐在那间常去的酒屋时，旁边客人的谈笑声不时传来；一个人走在深南大道上，街道两旁的凤凰花依旧灿若丹霞；一个人走在水围村夜市，牛杂店铺里的人间烟火气依旧蒸腾。这些曾留下我们身影的地方，依旧上演着别人的精彩，但那个消散在人海里的身影永远也不会出现在我的身边了。这时候我才知道，我还能回到那个地方，但回不到那个时候了。"

这位朋友与前男友相识于2019年的初雪，那一天刚好立冬，两人目光猝然相会时，北京的街头正飞舞着漫天白雪。阳春三月，北京遍地盛开着紫色二月兰，莺飞草长，爱她的人正微笑着向她走来；他们一起去汕头南澳岛，开车绕岛一圈，并肩欣赏了一场壮美的海上落日；两个人第一次坐轮渡去三亚，一起雀跃着看飞鱼在银光粼粼的海面翻跳。

世间的相遇总是猝不及防，离散同样出乎意料。他要回深圳的那一天，也是下雪天，他们在机场聊了好多。他说想喝一杯星巴克，当她买回来的时候，却怎么也找不到他了，只有候机室座位上留下的一串项链和一套《平凡的世界》，那是她送给他的二十八岁生日礼物，她心里也知道留不住他。后来，听朋友说，他辗转去了汕头、广州，最后落脚潮州。"他说过最喜欢北京的漫天飞雪，可后来怎么就不喜欢了呢？"她说这话时，声音越来越低沉，低得像是在自言自语，良久，她又幽幽地说道："北京太冷，冷得那天晚上我都不知道究竟是为了什么而发抖。"

她喝的那杯鸡尾酒名叫玛格丽特，是用40度的龙舌兰酒与40度的君度酒，以及柠檬汁调配而成的。相传，这是一位调酒师为了纪念已故的恋人所调，杯中的青柠汁略带酸味，杯壁上撒有一圈盐边，喝的时候用舌头卷一点盐，酸涩中透着咸，仿若失恋之人心中的酸楚和怀念。看着她酒杯中的气泡在一点点变少，像极了人世间的缘分。

有人说，分手后的故地重游便如同刻舟求剑。

怀念过去，就是在时间的长河里刻舟求剑。刻舟求剑，刻的是记忆，求的是遗憾，负负却不能得正。

梦里故地重游，醒来不过一场空。莫不如在一起的时候，好好珍惜彼此，认认真真地去爱。

我们一辈子会遇到很多人，也会发生很多故事。失之东隅，收之桑榆。

愿我们都能保持一份"得之我幸，失之我命"的洒脱，以及一份"失我者永失"的底气与骄傲。

刻舟求剑

战国·吕不韦《吕氏春秋》

楚人有涉江者，其剑自舟中坠于水，遽契其舟，曰："是吾剑之所从坠。"舟止，从其所契者入水求之。舟已行矣，而剑不行，求剑若此，不亦惑乎？

诓：

拒绝恋爱脑，勇敢跳出火坑

"于嗟女兮，无与士耽！士之耽兮，犹可说也。女之耽兮，不可说也。"

女人啊，千万不要和男人沉迷于爱情啊！男人沉迷于爱情，很快可以从情爱中抽身而去。但女人一旦谈起恋爱，就会沉浸其中不能自拔。这是多么振聋发聩的劝诫啊！原来古人早已经把爱情讲得如此透彻！只怪年少时懵懂无知，不知其深意，如今听来，简直如梦初醒！

"哪个少年不多情，哪个少女不怀春？"在十六七岁的美好年华，每一个人无不抱着最纯真的期待憧憬着美好的爱情，那是一场心甘情愿的赴汤蹈火。而这几乎是每个年轻人成长之路上不可逾越的必修课。

在这首古诗中，当脑海中有了一个魂牵梦萦的人，她便尝到了爱情最初的迷人味道。见不到时魂不守舍，见到面时便喜气洋洋，送别之时依依不舍，于是送了一程又一程。

《诗经·氓》中就记载了这样一个痴情女子，她的爱情与婚姻的变迁极具现实意义，值得每一个年轻的女性好好读一读，以此为鉴，醒脑提神。

故事是这样的。

一个年轻的女子，与一个住在城外的小商贩（就是诗中的氓）相恋了，氓看上去忠厚老实，时常走街串巷靠贩卖布匹为生。年轻女子对爱情充满憧憬，情爱之火一旦被点燃，便一发而不可收。

这一日，氓又抱着布匹来到集市上与女子约会，女子以为他像往常一样抱着布匹换丝绸是来做生意的，没想到他却是来与女子谈婚论嫁的。男子说出了想求娶她的想法，可是无媒无聘，这让女子十分为难。古往今来，动了情的女人大都心软，情浓之时，往往愿意妥协退让以求保全情缘。这个女子也不例外，婚事没谈下来，男子便失落地回家了。女子怕他生气，一路送他回家，她一边走一边小心翼翼地向男子解释，不是她故意拖延婚期，而是因为他没有请媒人来说亲下聘。婚丧嫁娶是人生大事，古人非常重视三媒六聘的礼节，没有正式下聘是有违礼法的，为世人所不容。当然，无媒无聘对女子也是极其不利的。他们一路涉淇水而过，一直走到顿丘这个地方。女子虽然努力坚持原则，但还是退让了一步，答应把婚事定在秋天。

在这之后，生怕氓因生气而不来求婚，于是女子总忍不住站在那垛残破的土墙之上，向远处的复关凝神远望。复关远在云雾之中。看不见心上人的身影时，女子便忍不住泣涕涟涟；看见心上人终于从复关朝她而来，便喜气洋洋，有说有笑。为了这门婚事，女子还特意去卜卦求神仙，测出结果没有凶兆，她的心情无比欢畅。从此，一天天焦急地等待着心上人赶着车子来娶她。

待嫁新娘的雀跃之情溢于言表，然而结婚前有多喜悦，婚后就有多悲伤！

时光如水，三年的光阴倏忽而过。婚后女子勤俭持家，不辞劳苦，一心一意地为家庭付出，毫无怨言地忙前忙后。但没想到的是，仅仅过了三年光景，丈夫就变了一副模样，昔日目光温柔的贴心良人，如今怒目而视，脾气越来越暴躁，竟对她或打或骂，毫无耐心。亲人不知道她现在的处境，以为她依旧幸福如常。煎熬的生活里，她黯然神伤。

山盟虽在，爱情已荡然无存。男人变心的速度竟然如此之快，这是她万万没有想到的！恩爱不再，徒留何意，不如分开罢了。女子虽然识人不明，但在看清了男子的真面目之后，也算果决勇敢，选择了分开。

桑葚挂满枝头，熟透之后犹如自然发酵而成的桑葚酒，斑鸠如果吃多了桑葚，就像人喝醉了酒，会晕头转向，会失去方向。年轻姑娘深陷爱情时不就是这样吗，哪个年轻女孩对情爱有免疫力，不曾被一把爱情之火点燃？

表妹十八九岁时，一双杏核般的大眼睛，谁看一眼都会忍不住爱上。那一年，她去重庆学化妆，在那里认识了一个异乡的男孩，他身材魁梧，模样硬朗，颇有男子气概。两个人一见钟情，很自然地谈起了恋爱。

男孩二十四岁，在重庆经营着一家销售门窗的店铺，自从与表妹认识之后，结婚就被提上了日程，但表妹年纪尚小，舅舅和舅妈自然不同意她这么早结婚。那时表妹就如同那吃过桑葚的小斑鸠，不顾家人的反对，铁了心要跟着男朋友回远方的老家。

舅舅和舅妈见状，专程去城里把表妹带了回来，试图用距离消磨年轻人的热情。这样过了大半个月，舅舅和舅妈看到表妹似乎放下这回事了。没想到，一天表妹不告而别，跑得全无踪影了。这下把舅舅和舅妈可气了个半死，可等到他们再一次去到化妆学校找人时，却再也找不到人影了。据表妹的同学说，她跟着男朋友去南方了。

舅舅和舅妈顿觉五雷轰顶，他们连那个男生的家住哪里都不知道，更无从找起了。

一年多以后，我妈妈突然接到表妹的电话，表妹在电话里说，她想回家，但不敢和家里联系，想向姑姑借钱好买票回来。我妈妈一听，心疼不已，虽难辨真假，但侄女来求助，又怎会放手不管，于是立刻给她转过去一千元。就这样又大半个月过去了，妈妈突然接到舅妈打来的电话，说表妹已经到家了。妈妈悬着的一颗心才终于放了下来。

　　后来，听妈妈说，表妹是偷跑回来的，跟着男朋友回到他远方老家后，起初两个人也过了一段甜蜜的日子，但表妹孤身一人在那边，又没有工作，很快就被她婆婆和小姑子嫌弃，两人的日子也开始变得鸡犬不宁。从前明媚如春阳的女孩，回来时脸上已经初见被岁月折磨的痕迹。说完，妈妈不住地摇头，深感惋惜。

　　当初，表妹和那男生私奔时，想来该是一路欣赏着美景，一路憧憬着以后的幸福生活。可等她只身一人偷跑回来，一路上除了惶惶不安之外，怕还有对爱情幻灭的失望吧。风景如故，可看风景的人心境却大不同了。曾经的海誓山盟犹然在耳，哪料恩爱情人有一天竟会成为怨侣。

　　"城南以南不再蓝，城北以北不再美。城中从此不再挤，从此心中再无你。城东以东皆已空，城西以西不再惜。终是庄周梦了蝶，你是恩赐也是劫。"这首歌唱出表妹的情伤，南墙已撞，故事已忘。爱恨已过，皆成过往啊！

两年后，表妹竟然与她中学时的暗恋者巧遇了，两个人讲起彼此的过往，都不禁感怀，互相心疼，顺利地喜结连理。邻居们经常看到两个人手牵手一起去市场买菜，无不羡慕小两口的恩爱。结婚几年，他们的小日子过得风生水起，虽说偶尔也免不了有吵闹，但一双儿女环绕膝下，日子也算平静舒心。我始终认为，生活中不需要像电视剧里多么轰轰烈烈的爱恨，平平淡淡就是最本真的幸福。

　　其实，我还是很佩服表妹的，在我眼里，她是一个勇敢无畏的女孩。在遇人不淑后，不过二十岁的她能够快刀斩乱麻，当机立断迅速和对方做好切割，并且勇敢地面对接下来的生活。殊不知，有多少女人因为一个男人，白白浪费多年的青春；又有多少女人，一生困在婚姻的泥淖里，失去了自己；甚至还有一些女人一而再，再而三地被"渣男"欺骗、伤害，最终因爱生恨而冲动犯下终生悔之不及的过错，走上了不归之路，白白断送了自己的一生。"渣男"固然值得谴责，但为此赔上自己的一生，岂不太过可惜！

　　不良的爱情是一个美丽的泡沫，遇到沉甸甸的现实，轻轻一戳就破了！再美妙的爱情，如果没有经历过生活的洗礼与现实的碰撞，怕是难以看清双方的底色，也难以产生出坚实的责任。爱情并非一时的激情，它包含尊重、理解、责任等厚重的人格品质；并非人人生而有之，爱的能力需要人们后天习得。

婚姻对每个人来说，始终都是一场修行。

爱情如蜜糖，婚姻如陈酿。

有人说，《卫风·氓》中的女子是一个不懂得自我成长的悲惨弃妇。而我却认为，这个故事体现了一个女孩从盲目走向成熟，从无知走向觉醒的过程，而成长蜕变的过程总是痛苦的。有人说，氓一开始就想罔顾礼法，劝女子私奔，可见其品行不端。我却觉得，女人信仰爱情，常常以为爱情是生活的全部，企图把爱情当作获得自我存在的最高证明。而男人往往更加现实，对他们而言，爱情只是生活的点缀罢了。

每一个负心的男人，都曾是痴心的良人。爱你的时候，他可以许下任何不容怀疑的誓约，只是男人的心意短暂且变幻莫测，今日恩爱甜蜜，明天可能就形如陌生人。所以，女孩们啊，还是要多读书，多从古人那里学习人生的智慧，过好自己珍贵的一生。千百年来，人性并没有多少变化，而爱自己，才是终身浪漫的开始。

有一天，当我们真正开始爱自己时，才能懂得爱为何物。

希望每一位女性都能练就一双看透真相的慧眼，也能拥有清醒而强大的内在力量。

诗经·卫风·氓

先秦·佚名

氓之蚩蚩，抱布贸丝。匪来贸丝，来即我谋。

送子涉淇，至于顿丘。匪我愆期，子无良媒。

将子无怒，秋以为期。

乘彼垝垣，以望复关。不见复关，泣涕涟涟。

既见复关，载笑载言。尔卜尔筮，体无咎言。

以尔车来，以我贿迁。

桑之未落，其叶沃若。于嗟鸠兮，无食桑葚！

于嗟女兮，无与士耽！士之耽兮，犹可说也。

女之耽兮，不可说也。

桑之落矣，其黄而陨。自我徂尔，三岁食贫。

淇水汤汤，渐车帷裳。女也不爽，士贰其行。

士也罔极，二三其德。

三岁为妇，靡室劳矣。夙兴夜寐，靡有朝矣。

言既遂矣，至于暴矣。兄弟不知，咥其笑矣。

静言思之，躬自悼矣。

及尔偕老，老使我怨。淇则有岸，隰则有泮。

总角之宴，言笑晏晏。信誓旦旦，不思其反。

反是不思，亦已焉哉！

（本文依据人教部编版高中语文选择性必修下册）

人面桃花：

物是人非里，我最想念你

有人说，年少时不能遇见太惊艳的人，一旦遇见了，要么余生都是他（她），要么余生都是回忆。

去年今日此门中，人面桃花相映红。

人面不知何处去，桃花依旧笑春风。

我一直认为，唐诗里把物是人非的遗憾写得最刻骨铭心的，就数这一首崔护的《题都城南庄》了。

一千多年前，清明时节，书生崔护因榜上无名而心情烦闷，来到长安城南的郊外散心。当时正是桃花灿然盛放的时节，崔护误入一个村庄，突然觉得口渴便来到一家农户讨水喝。谁知，随着"吱呀"一声门开，一个粉面含春的少女巧笑倩兮地出现在他眼前。

庭院里花木丛生，一派融融春意，四下寂然无声。少女站在一株桃花树下，桃花如雨落缤纷，就这样随风飘落在他们身上。猝不及防的相遇，怦然心动。崔护一时间失了神，等他久久回过神来，才想到自己刚刚落榜，前程茫然不可知，顿觉人生渺然无望，心神不由得暗淡下来。崔护对此女一见钟情，奈何自己不过一介落魄书生，不能许给对方美好幸福的未来，只待来年一举高中，扬眉吐气，方好求此一桩天赐的姻缘。

幸运的是，第二年崔护果然高中，于是他迫不及待地故地重游。但遗憾的是，当他满心欢喜地来到故地，只见柴扉紧锁，美丽的少女早已不知了去向，只有那株见证他们相逢的桃花，依旧在春风中摇曳。对此还有一段凄婉的传说，相传桃花女与崔护乍然相遇后芳心暗许，因相思成疾竟然一病不起，过了一段时间，没有等到崔护就黯然病逝了。这故事也因此更成为一段广为人知的佳话，令后人意难平。

去年的今日，也是在这个庭院中，满树桃花之下，那个令崔护心动的姑娘就站在那株桃树下。如今景色如故，只是心中念念不忘的那个人却不在了。从满怀期待到如坠冰窟，所有美好的希冀都被摔得稀碎，无情的时间隔绝了所有的可能，此刻诗人满腔的深情再也无处安放，而那刻骨铭心的遗憾，也终将成为他一生无法逃脱的魔咒！

有人说，在两个人时空交错的一刹那，崔护在偶遇农家桃花女的时候，就已经失去了她，二人注定只能永远留在彼此的心里。这种哲思也无外乎一种对有情人不能终成眷属的深深惋惜。人生中的种种遗憾，真是无可穷尽啊！

人生中那些至真至美的东西，往往都很短暂，如流星划过夜空，一瞬间却留下一生的璀璨。而"在所有物是人非的遗憾里，我最想念你"又成为多少人一生的遗憾。

日本作家岩井俊二在代表作《情书》里，曾这样写道："如果当初我勇敢，结局是不是不一样？如果当时你坚持，回忆会不会不一般？最终我还是没说，你还是忽略。"

高中校园里，少年和少女竟然拥有相同的名字——藤井树，莫名的情愫或许也由此而生。少年藤井树为了接近女孩藤井树，故意从图书馆频繁地借书和还书，甚至站在离她最近的窗户边阅读，彼时女孩在图书馆负责登记借书的工作。许多年后，当女孩再回忆起这一幕时，落在她记忆里的是从窗外洒进来的阳光，被风吹动的窗帘，而窗帘掩映下的少年和阳光一样耀眼。少年为了表现自我，腿受伤了依旧参加短跑比赛；为了能和女孩单独多待一会儿，在放学后的自行车棚里，故意一道题一道题慢慢地对答案。

在青春那场绚烂的花事里，不知藏着多少盛大的秘密。

青春岁月里，那一段从未宣之于口的炽热情感，成为掩藏在时间褶皱里千回百转的心意，直到多年以后，人到中年的藤井树意外去世，因着妻子的思念和一群后辈学妹好奇心的助力，这段明媚而幽深的情感才得以被"少女"藤井树知晓。当白衣少年的心意终于抵达心上人的那一刻，横亘在他们之间的已经不仅是漫长的时光与人世的消磨，还有无法逾越的生死！男人至死没有忘记心头那一抹白月光，只是他们永远地失去了在一起的可能。

　　假如人人都能年少有为不自卑，当时就知道什么最珍贵，人生会不会就是另外一番模样？

　　或许在每个人的一生中，都曾遇到过一个惊艳他（她）的人。

　　我的青春里，也曾有过一个落拓不羁的阳光少年，他成绩好、衣品好，高考结束后我们再也没有见过面。我高中的三年和大学的前三年，一直努力提升自己，以为这样就有可能和他在一起，没想到这段暗恋也只能永远留在记忆里的某个角落，成为泛黄的记忆。

　　十八岁的天空永远是明媚的，恰如生命里第一次内心悸动的画面，总是那么难以忘怀。在这之后的余生，再也不可能出现如此美好的体验了。

时光难冻结，人生最大的遗憾莫过于逝去的美好不可重来。

青春年少遇到那个人的时候，我们往往还不懂得怎么去爱。听人说，人的一生中都会遇到一个最爱的人，他教会我们什么是爱、如何去爱，但我们再也没有机会好好地去爱他。

当你爱我的时候，我还不懂爱；当我终于学会了爱的时候，你已经消失在人海。

这世间情缘错落皆是寻常。或许我们与一个人的相遇，也是为了完成人生的某个课题，使命完成之后，那个人也就该退场了。

作家余秋雨曾写过这样一段话：两只蚂蚁相遇，只是彼此碰了一下触须就向相反方向爬去。爬了很久之后突然都觉得遗憾，在这样广大的时空中，体形如此微小的同类不期而遇，"可是我们竟没有彼此拥抱一下。"

如果世间所有相遇都是久别重逢，那么让我们感恩世上的每一场相遇，也感怀世上的每一场别离。让我们相信，每一个遇见的人都是一场馈赠。而我们唯一能做的，就是念着彼此的好，献上由衷的祝福。

题都城南庄

唐·崔护

去年今日此门中，人面桃花相映红。

人面不知何处去，桃花依旧笑春风。

白头吟：

爱情至上，则必为其所伤

有人说，卓文君是"恋爱脑"。

要我看，卓文君不失为一个勇敢无畏的"纯爱战神"。她敢爱敢恨，拿得起，放得下，清醒、独立且强大。

卓文君是西汉富商卓王孙之女，自幼琴棋书画样样精通，是那个时代典型的"白富美"。她结婚仅仅一年，丈夫就不幸去世了，她因此遭到婆家的嫌弃，只好住回娘家。

司马相如是一位风流潇洒的少年才俊，久负才名，是无数少女的春闺梦里人。卓文君与司马相如的相遇，可谓"金风玉露一相逢，便胜却人间无数"。

这一日，卓王孙宴请宾朋，临邛县令王吉特邀好友司马相如一同前往。得知大才子司马相如造访，卓文君便隐藏在屏风后面，想一睹才子的风采。宴席间，卓文君窥见司马相如与众人谈笑风生，风姿卓然，而绿绮琴下流淌出的那首

《凤求凰》，更引得卓文君无限神往，如痴如醉之际，卓文君便已经芳心暗许了。

爱情来了，真是挡都挡不住。卓文君对司马相如一见倾心，决心与之厮守一生，奈何父母坚决不同意。卓文君不顾父母的反对，与这个一无所有的男人私奔了。卓王孙一气之下，公开声称要与卓文君断绝关系，大怒道："女至不才，我不忍杀，不分一钱也。"作为父亲，他故意不给女儿一分一毫的帮助，有意将她逼到绝境，等待着她有一天知难而退。这真像极了偶像剧的剧情：家世显赫的富家公子爱上了灰姑娘，他的父母自然是不会同意的。富家公子为了奔赴爱情甘愿与家人断绝关系，通常怒不可遏的家长最常用的办法是叫停儿子所有的信用卡，让他尝遍生活之不易、谋生之艰难，等待他们的宝贝儿子碰壁灰心，之后回心转意向二老缴械投降。

影视剧中的"痴情"男子，少有能经受住现实考验的。而卓文君却是一个真正的"纯爱战神"，她对爱情怀有一腔孤勇，到底还是让她父亲失算了。

当卓文君来到司马相如家中时，才第一次感受到什么是真正的贫寒。司马相如的实际情况可谓家徒四壁，缸无粒米。然而，现实条件并没有吓退卓文君，反而极大地激发了她创造美好生活的决心。卓文君转手将自己的车马和心爱的首饰一一卖掉，用换来的钱财买下一家酒坊，她放下诗书，临街卖起了酒。

卓文君为了爱情，不惜抛开父母、远离家乡，变卖所有。以前十指不沾阳春水的"白富美"，而今甘愿"洗手作羹汤"，当一个当垆卖酒娘。

要知道，在当时女儿家抛头露面并不是一件光彩的事情，卓王孙得知此事后，愤怒异常，但也无可奈何。父母的强硬不过是为了唤醒女儿沉迷在爱情中那颗盲目的心，但卓王孙自知拗不过女儿，最终还是心软了下来，给他们派去了奴仆，送去了钱财，从此二人过上了饮酒作赋、鼓琴弹筝的美好生活。

然而好景不长，司马相如用一首《子虚赋》赢得了汉武帝的赏识，昔日穷困潦倒的大才子终于绽放出自己的光芒，他一跃成为常伴君左右的红人。对于踌躇满志的司马相如来说，突然而至的权力和地位，成为他欲望膨胀的催化剂。从此他开始流连在外，直到有一天，竟向卓文君透露出要纳妾的想法。

在这个世界上，真的有很多女人信奉情比金坚，她们不怕远嫁，不怕下嫁，也不怕和男人一起吃苦，甚至愿意举娘家之力托举成就心上之人，只求能够和这个男人相偕到老、恩爱如初。女人耗费所有只为求得男人的感情，可男人的心意多么难测啊！这何尝不似在沙滩上砌沙堡，在海水中捞取月亮，古往今来莫不如此。美貌与财富兼备的才女卓文君，也没有逃过这一劫。于是，一首名垂千古的《白头吟》就此诞生。

卓文君曾以为，两个人之间赤诚的爱意像高山之上的白雪一般纯洁，像云间的月亮一样皎洁。可惜，男人变了心意，再不与她同享心中美好的爱了，所以，她要与他作最后的诀别。

今日欢歌畅饮作为他们最后的聚会，明日便大路朝天各走一边，像沟头水遇岔路而分流，过去的岁月宛如沟水东流，一去不复返。本以为遇到了一个白首不相离的如意郎君，夫妻的感情会像鱼竿上的线那样轻柔绵长，如胶似漆，恩爱长久，可这爱情没有经受得了考验，没有地久天长，也没有自在逍遥。堂堂男子汉本应重情重义，怎么能够因为一朝富贵而将夫妻的恩情全部遗忘呢？这是卓文君对司马相如的伤心质问。

当初，她不顾父母的反对，抛弃富贵优渥的生活，随他而去时不曾流下一滴眼泪。而今却忍不住泪如雨下，因为那"愿得一心人，白头不相离"的心愿破碎了。

唯爱情至上，则必为其所伤。

有人说，失爱之人如丧家之犬。那是因为她还不够成熟、不够清醒、不够决绝；她还不知道在爱情里委曲求全，只会让人丧失尊严。只有保持自己人格的完整，拥有独立且强大的内心，才能拥有更优质的感情。

因此，我一向不看好远嫁和下嫁，因为无论是哪一个，放在沉甸甸的生活里无疑都是一场豪赌，都可能成为女人生命中不可承受之重。

电视剧《甄嬛传》中，甄嬛进宫之初，怀着一颗纯真的少女心，渴慕着"愿得一心人，白首不相离"的爱情，皇帝对她的恩宠也让她自以为幸运地遇到了那个人，尤其初次被召幸之后，皇帝犹如对待新婚妻子那般宠爱着她，更是让她确认了这份爱的真实。两个人也一起度过了一段恩爱美好的时光，直到她发现，皇帝心中一直爱着的都是他的第一位妻子纯元皇后，而自己之所以得宠，不过是因为与纯元皇后有几分相似的容貌，说到底她不过是个替身罢了。

得知真相后的甄嬛伤心欲绝，愤慨那几年的情爱与时光终究是错付了！若换作其他女子，伤心几天也就罢了，毕竟皇帝待自己的确与他人不同。但是甄嬛绝不将就，她不允许自己做他人的替身，甄嬛就是甄嬛，她要找的是那个一心一意对她的男人，容不得半点虚假，纵然这个人是天子，纵然这个人富有天下。于是，心灰意冷的甄嬛决心离开，执意出宫带发修行。临行前，皇帝很是不舍，也有意挽留，但她都不为所动，倔强地对皇帝说出了几句恩断义绝的诀别话，此时引用的就是卓文君的《诀别书》。

朱弦断，明镜缺，

朝露晞，芳时歇，

白头吟，伤离别，

努力加餐勿念妾，

锦水汤汤，与君长诀！

"琴弦断了，镜子缺了，朝露已干，繁花已落……"这每一个都是恩情断绝的意象。

"希望您好好吃饭，不要挂念我。我对着浩浩汤汤的锦水发誓，从今以后和你永远诀别。"

从这首诗就可以看出，甄嬛的主动离开其实是与皇帝做了一场真正意义上的切割。以此单方面宣布与皇帝恩断情绝。自此，幽幽夏夜里，她再不是那个愿意伏在他膝头诉说心事的娇俏爱人，他也再不是那个被她放在心上的意中人。少女时期浓烈的爱情，没有让她迷失自我，更没有使她丧失自我，她依然是那个清醒、独立且内心强大的甄嬛，失去爱情之后，她依旧是她！

电视剧《甄嬛传》之所以会收视率颇高，甚至历经十年依旧是无数女性观众的"下饭神剧"，是因为甄嬛的感情观契合了当下受众对爱情的心理认知。

甄嬛的角色对情爱有着清醒的认知，对自己有坚持，对伴侣有标准。

作为现代女性，也当如此。

原文欣赏

白头吟

西汉·卓文君

皑如山上雪，皎若云间月。

闻君有两意，故来相决绝。

今日斗酒会，明旦沟水头。

躞蹀御沟上，沟水东西流。

凄凄复凄凄，嫁娶不须啼。

愿得一心人，白头不相离。

竹竿何袅袅，鱼尾何簁簁！

男儿重意气，何用钱刀为！

诀别书

西汉·卓文君

春华竞芳，五色凌素，琴尚在御，而新声代故！锦水有鸳，汉宫有木，彼物而新，嗟世之人兮，瞀于淫而不悟！

朱弦断，明镜缺，朝露晞，芳时歇，白头吟，伤离别，努力加餐勿念妾，锦水汤汤，与君长诀！

钗头凤:

婚姻是两个家庭的结合

南宋爱国诗人陆游与表妹唐琬有一段缠绵悱恻的爱情故事。

陆游与表妹青梅竹马,两小无猜,成亲之后,诗书唱和,恩爱非常。奈何陆母不喜欢唐琬,以耽误儿子前程为理由,强迫二人和离。陆游百般哀求母亲,母亲始终无动于衷,一对神仙眷侣就这样被生生拆散了。之后,陆游遵从母命另娶王氏为妻,唐琬也在父亲的安排下嫁给了赵士程。二人各自展开了全新的生活,彼此之间的消息也完全断绝了。

有时候,老天总是喜欢捉弄有情人。

有一年春天,陆游独自一人来到沈园,正是这一次不经意的故地重游,却不期然地遇见了唐琬和她现任丈夫赵士程。此时距离二人分开已经有十年之久了,而陆游内心对唐琬的感情却依然如初,而今她已成为别人的妻子,一时万千滋味一齐涌上了心头。

这场始料未及的重逢，令陆游愁肠百转。他不愿再多看一眼这样扎心的画面，正打算抽身离去。不料这时唐琬恰好也看到了他，不一会儿就亲自端来了一杯酒。久别十年，二人或许都成了对方心底不能碰触的秘密，那些不能宣之于口的思念和情愫，都在这一杯无言的酒里了。二人神情凄然，相视无言，陆游端起酒杯一饮而尽，这当真是一杯难以下咽的苦酒啊！

一别十年，物是人非。昔日融融春色里，他也曾和唐琬如今日一般，一同携手共赏沈园春色，二人在青青柳色下举杯欢饮，当时是何等浓情蜜意、恩爱欢情的场景啊！没想到今日再喝到唐琬手中递来的酒时，二人竟已天各一方，唐琬也已憔悴消瘦了不少。山盟虽在，心意却难以言说，真是大错特错啊！

一杯苦酒下肚，陆游情难自已，那些再也无从诉说的情愫从笔端汩汩涌出，化成了这篇名垂千古的《钗头凤》：

　　红酥手，黄縢酒，满城春色宫墙柳。东风恶，欢情薄。一怀愁绪，几年离索。错、错、错。

　　春如旧，人空瘦，泪痕红浥鲛绡透。桃花落，闲池阁。山盟虽在，锦书难托。莫、莫、莫。

陆游走后，唐琬空对着墙壁无限怅然，她不无悲戚地将这首《钗头凤》从头至尾看了一遍又一遍。原来他和她一样，原来他们竟然都始终对对方念念不忘，原来一别之后，两个人承受着同样的煎熬……

唐琬再也忍不住了，于四下无人之时，她将心中无从诉说的心事，化成了这首《钗头凤》，算是作为对陆游的一种回应。

世情薄，人情恶，雨送黄昏花易落。晓风干，泪痕残。欲笺心事，独语斜阑。难、难、难。

人成各，今非昨，病魂常似秋千索。角声寒，夜阑珊。怕人寻问，咽泪装欢。瞒、瞒、瞒。

在唐琬看来，世情单薄，人情艰难，被拆散的有情人余生只剩下凄苦。她犹如风雨黄昏里被打得七零八落的残花，也似秋千架上飘飘荡荡的绳索，心事无从诉说，命运无法把握，只能在四下无人之处黯然垂泪，心里装着眼泪，怕被别人询问，还要强颜欢笑。就这样，唐琬竟因愁怨郁结而离开了人世。

许多年过去了，当陆游再一次回到沈园时，才看到唐琬写的这首词。那时候陆游已经是七十五岁的老翁了，唐琬也已经离世四十年了。

上一回与你重逢时，你憔悴清瘦的模样还萦绕在我的心中，而今再来这里时，却只剩下一抔黄土和墙上的几行诗词了。于是忧伤又年迈的陆游，再一次写下了《沈园二首》，以下是其中一篇：

> 梦断香消四十年，沈园柳老不吹绵。
> 此身行作稽山土，犹吊遗踪一泫然。

你已经香消玉殒四十多年了，昔年沈园的依依柳树，如今已经老得不能吐絮吹棉了。想来我也快要化为一抔黄土了吧，今天来到这里，想想我们之间的往事，我真是忍不住老泪纵横。

就是这一次游园之后，陆游回去做了一个梦，梦见了少年夫妻俩相爱，梦见了二人无奈被迫分开，梦见了爱人离世后自己内心深处的萧索凄凉。梦醒之后他感慨万千，不由得写下了这首《十二月二日夜梦游沈氏园亭》：

> 城南小陌又逢春，只见梅花不见人。
> 玉骨久成泉下土，墨痕犹锁壁间尘。

又是一年春天，城南的小路上绿意初萌，路边的梅花悄然绽放，唯独不见当年一起相携同游的心上人了。你已经离开那么多年了，想来已经化为尘土了吧，当年在墙壁上写下的《钗头凤》的字迹，也几乎要被尘土掩盖得找不着痕迹了。真是沧海桑田，时移世易啊！

昔日的爱侣与自己已阴阳两隔，陆游如今垂垂老矣，可那绵长的思念依旧沉甸甸地压在心头。这个人此生再无缘相见了，怕是只能在梦里，才能侥幸见上一面了……

陆游这沉沉的思念，千百年之后，仍被人广为传唱，真应了那句"人有生老三千疾，唯有相思不可医"。

在古代，封建礼教如枷锁让人难以摆脱，但在如今这个昌明的时代，一个事事插手的婆婆和懦弱无能的丈夫照样能把一个平静的家庭给搅和得龃龉频生。

我最好的朋友七七和她丈夫大名曾是一对令人羡慕的年轻夫妻。大名沉稳踏实，七七温婉贤淑，两个人自大学时代就相知相爱，毕业后携手步入了婚姻的殿堂，以为从此就能过上幸福美满的生活。

可这样平顺的日子仅仅维持了两年，随着婆婆的到来，小家庭的宁静就被彻底打破了。

周末，小两口儿想出去美餐一顿，再看一场电影，好好放松一下。婆婆却百般阻挠，她一会儿说，外面的饭菜不卫生，一会儿又说看电影浪费钱，在家用电脑一样可以看。两个人真是费了好一番口舌，最终双方各退一步，取消外出就餐，两个人只被允许出去看一场电影。吃火锅的计划落空，这让七七很不开心！

有一天，婆婆收到一个快递，发现是七七买的护肤品，于是便有意无意地在七七面前说，大名赚钱不容易，这么大手大脚谁养得起啊！于是七七耐心地跟婆婆解释，护肤品她是花自己的钱买的，自己上班也有一份工资，再说了护肤品是正常的生活消耗品，根本不是乱花钱。婆婆依旧不依不饶，要她降低生活标准，学会勤俭持家。

婆婆来到儿子的小家，好像身负某种不容置疑的权力，在家里大大小小的事情上都想参与意见，确切来说，是让小两口儿听从她的指挥。

这些也就算了，婆婆人前人后两副面孔，着实让七七难以接受。

平时大名在家的时候，婆婆每天喊着自己腰酸背痛，做一顿饭都要向儿子邀功。大名出差不在家的时候，她的腰不酸了，背不痛了，每天都出去跳广场舞。只要有大名在场时，婆婆表现得特别殷勤热情，而大名不在的时候，婆媳两人好像互不侵犯的两个陌生人。

刚开始，七七在大名面前抱怨婆婆的种种表现时，大名总会替他妈妈说话，再三强调："我妈辛苦了一辈子，你就体谅体谅吧，她这辈子不容易，让她晚年享享福，好吗？"

看儿子这么贴心向着她，婆婆更加得意了。有一次，七七在下班回家路上，恰巧听到婆婆跟小区里的老太太说闲话，婆婆说："她要是不愿意过了，就跟我儿子离婚，我们才不怕呢，我儿子这么优秀，离了还能找到更好的！"

七七自信他们夫妻二人多年的感情从没有出现过大的问题，没想到婆婆在背地里竟然会说出这样的话，这次真是伤了七七的心了。

之后，七七不再一忍再忍。自那以后，每当婆媳二人意见不合时，不管大名是否在场，她都会直言不讳地说出自己的意见，也不再因为顾虑婆婆的感受而委曲求全。大名不在场时，她还会平心静气地向他转述婆婆的种种表现，在外面挑拨他们夫妻感情的闲言闲语，也会一一转述给大名听，并和大名进行严肃而深入的沟通。大名也意识到自己没有起到积极的作用，影响了与妻子的感情，也不利于母亲安度晚年，他不再盲目地以"孝顺"为名，偏袒自己的妈妈，无视自己的媳妇的意见。失去了儿子的支持，婆婆的"找碴"行为也慢慢收敛了。

经历了一段时间鸡飞狗跳之后，他们的小家终于重新建立起新秩序，夫妻矛盾也渐渐趋于和缓。

可见，真正的母爱，不是对孩子一味地占有，而是一场得体的退出。

结婚不仅仅是两个人的结合，而是两个家庭的连接。

当两个年轻人结婚成家，小家庭就产生了新的角色和秩序。在新的家庭环境中，每个人都要不越界、不干涉，认清自己的角色，做好自己的本分，这样才能保证家庭关系的健康和谐。

原文欣赏

钗头凤

宋·陆游

红酥手，黄縢酒，满城春色宫墙柳。东风恶，欢情薄。一怀愁绪，几年离索。错、错、错。

春如旧，人空瘦，泪痕红浥鲛绡透。桃花落，闲池阁。山盟虽在，锦书难托。莫、莫、莫。

钗头凤

宋·唐琬

世情薄，人情恶，雨送黄昏花易落。晓

风干，泪痕残。欲笺心事，独语斜阑。难、难、难。

人成各，今非昨，病魂常似秋千索。角声寒，夜阑珊。怕人寻问，咽泪装欢。瞒、瞒、瞒。

锦瑟：

人生是一场不断的失去

人生最苦莫过于，最珍贵的一切就在身边，而当时却浑然不觉。

唐代诗人李商隐出生于郑州荥阳，父亲李嗣早逝，他一直过着清贫的生活。好在李商隐从小聪颖勤奋，二十四岁便高中进士，前途有望。但不幸的是，他刚踏入仕途不久，恩师令狐楚便突然去世，独留他蹉跎岁月，只得自谋出路。

直到几年后，一位叫王茂元的官员十分赏识他的才华，先将他招为幕僚，后又将女儿王氏嫁给了他。李商隐以为仕途终于开始步入正轨了，却不知自己已经被卷入一个巨大的政治旋涡而无法脱身。

晚唐经历了一段长达四十年的党争，就是著名的"牛李之争"，而令狐楚、其子令狐绹和王茂元恰恰分属对立的"牛党""李党"。因此，无论是哪一派都认为李商隐是没有气节的"叛徒"。

婚后前几年，王茂元所属的"李党"正得势，可此时李商隐在为母亲守孝，错过了晋升的最佳时期，等他再回到官场时，朝堂已经是"牛党"的天下。李商隐自然备受排挤，十多年里，他一直沉沦下僚，志不得伸。

为了施展抱负，李商隐东奔西走，跟随过武宁军节度使卢弘正，也投奔过西川节度使柳仲郢。无论李商隐在外奔波如何不易，令他欣慰的是，家中始终都有一个理解他、支持他的贤惠妻子王氏。郁郁不得志的李商隐始终相信苦尽终将甘来，总有一天他会实现心中的抱负，妻子也会为他感到开心和骄傲。

公元851年，李商隐打算跟随柳仲郢去四川任职，恰逢妻子患病，让他有所顾虑。为了让丈夫安心，妻子强撑着身体装作没事，劝说他去追逐梦想，并答应他自己一定会好好地在家等他回来，因为她知道丈夫胸怀大志，自己绝不能成为他的牵绊。然而李商隐走后没多久，她便缠绵病榻。那一年夏秋交替之际，王氏凄凉地死在了家中。

远在巴蜀的李商隐似乎心有所感，七月的某个雨天，他忽然无比想念妻子，提笔给妻子写了一封信，询问她病情是否有所好转。

虽然暂时无法回家，但李商隐在心里盘算着，或许中秋可以回家一趟，与妻子共度佳节。

等再收到家中来信时，李商隐才知道妻子王氏已经病逝了。那一刻，他顿觉天塌地陷，心脏似乎也跟着停止了跳动，剩下的只有撕心裂肺的悲伤。

公元857年，四十五岁的李商隐已是满头白发，他回想一生，羁旅半生，漂泊无归，建功立业的梦想最终化为泡影。对最珍爱的妻子王氏，自己也一直没能陪伴在她身边，因为追逐功名利禄，他离王氏越来越远，等到醒悟时，一切为时已晚，只剩下追忆了。李商隐百感交集之下，含泪写下了那首著名的《锦瑟》。

此情可待成追忆？只是当时已惘然。

我想，看到这句诗的人，脑海中都会浮现一个人，一段往事，满心遗憾。

初二那年，我转学到仁立中学，遇到了大庆，他是我的同桌。

大庆皮肤白皙，身材微胖，脸上稚气未脱，看上去有点可爱。他性格开朗，待人真诚，还很有礼貌，学习成绩也好。近水楼台，他成为我在新学校的第一个朋友，也是最好的朋友。

一个星期后，我得知他家就在我家附近，从此每天放学路上我就多了一个伴。我们各自骑着自行车穿过两侧是老房子的教育路，道旁茂盛的梧桐树遮住了夕阳，直至骑到丽湖的岸边小路，看见漫天的晚霞和我们的倒影。

高中三年，我们还在同一所高中，依然是同桌，每天依旧一起回家。直到有一次他爸爸来学校接他，我才知道原来他家根本不在我家附近，甚至跟我家是相反的方向。我也才知道，当初他为了跟我一起回家，每天要多骑一个多小时路程。这一个多小时的路，他一绕就是三年。

有一天我的自行车被小偷选中，于是大庆成了我的专职"司机"。一辆自行车两道身影，每天穿过那条林荫小道和沿湖路。坐在他自行车的后座上，我心里感觉到前所未有的踏实。

因为担心挨骂，我向父母隐瞒了丢车的事情，想把生活费省下来买一辆一模一样的。可几百块钱对一个高中生来说，也是一笔不小的数目了，那段时间我没少为此事发愁。某个周末，大庆骑着一辆和我以前那辆一模一样的自行车来到楼下把车送给我。我之后才知道，为了买这辆车，他在学校吃了两个月的馒头。

大学时期，我们不在同一座城市，我在青岛，他在长沙。每逢过节的时候，他就会来青岛找我玩，我们一起逛街，一起吃饭，一起看电影，一起看演唱会……我们在一起度过了许多美好的青春时光，我心里清楚他喜欢我，可每当察觉到他想要表白时，我总会紧张地故意转移话题。那时候的我总觉得刻骨铭心的爱情一定要经历生离死别，应该像电视剧里那样轰轰烈烈。虽然我心里对他很依赖，但总觉得似乎少了点什么，这不是我想象中爱情的模样。年少时不懂得什么是爱情，也不懂得什么是爱。总期待着爱情会以我想象中的理想模样出现，也总以为幸福在遥远的前方，而对身边唾手可得的幸福视而不见。许多年了，我以为他会一直在，可某一天大庆突然从我身边消失了。

多年以来，我已经习惯了他在身边，对他的付出也习以为常，他的突然消失让我倍感失落，可我从没有主动向他示过好，碍于某种说不清道不明的原因，我偏偏不肯主动联系他。谁知这一冷就是两年。短短两年，可以改变的事情太多了。等到我再一次收到他的消息，映入我眼帘的却是一张请柬，那张结婚请柬红得刺眼，刺落了我的泪水。

前段时间，在自媒体平台上看到一个让人伤感的视频：一个年轻的男孩千里迢迢去看望他异地恋女友，在返程的高铁上，他打开背包发现里面多了两包食物，都用纸细细地包裹着，还有两张皱巴巴的百元大钞。这些真实动人的细节感动了无数网友，也提醒了后知后觉的我。曾几何时，这样的事情，大庆曾为我做过很多次，多得我都数不清有多少次了。

他结婚那天，我远远地看见了他，他身穿黑色西装，彬彬有礼地站在门口迎宾。我走近时，他脸上带着一丝浅浅的笑意，轻声跟我打招呼："你来了，好久不见。"

真的，好久不见了！

"新婚快乐啊！"

我坐在台下，看着典礼台上，他郑重其事却又小心翼翼地为穿着婚纱的女孩戴上戒指。直到那一刻，我才明白自己错过了什么，失去了什么。

人生是一场不断失去的旅程。

有一天，当你失去那些曾经习以为常后来觉得异常宝贵的一切时，才能读懂李商隐那句"此情可待成追忆？只是当时已惘然"。

尽管世间万物如同镜花水月般易逝，但愿我们都能珍惜身边人，把握住触手可及的幸福。

原文欣赏

锦瑟

唐·李商隐

锦瑟无端五十弦，一弦一柱思华年。

庄生晓梦迷蝴蝶，望帝春心托杜鹃。

沧海月明珠有泪，蓝田日暖玉生烟。

此情可待成追忆？只是当时已惘然。

（本文依据人教部编版高中语文
选择性必修中册）

辑二

小时候真傻，居然盼着长大

少年读书，如隙中窥月；

中年读书，如庭中望月；

老年读书，如台上玩月。

项脊轩志：

越长大，越想家

　　当一个人离开了家乡而怀想家乡时，那些浓浓的思念，隔着斑驳的光阴，才更加显得深沉。项脊轩是归有光的家族在显赫时建造的一座小书房，曾历经百年风霜，到归有光这一代时已经成为一座漏雨飞尘的老屋了，归有光曾对它修葺过一次才让它不再漏水。

　　小书房清幽无比，归有光常在此读书，庭院空寂，闲来无事时，能听见各种不同的鸟鸣。院子中种植着兰花、桂花、青竹等花木，偶尔有小鸟飞进来觅食，人走近也并不飞走。每到十五月圆的夜晚，皎洁的月光把半个墙面照得明亮，桂树在墙上投下错落的影子，微风吹动，树枝也跟着摇曳，树影婆娑多姿，景致美好可爱。

　　透过斑驳的时光，我们仿佛看到了归有光小时候。那时，他家中还住着一个上了年纪的妇人，她是归有光祖母的婢女，曾哺育过两代人。归有光的母亲待她很好，因项脊轩的西面与内室相连，归有光的母亲曾经常来这里。后来，母亲去世了。有一次，老妇人对归有光说："这个地方，你母亲曾在这里站过。"老妇人又说："当年你姐姐在我怀里哇哇大哭，你娘就用手指敲着门板问：'孩子冷吗？要吃奶了吗？'我就隔着门板和她答话。"老妇人的话还没说完，归有光就哭了，老妇人也哭了起来。

归有光少年时起就在项脊轩中读书，有一天祖母经过此处，看到他如此用功倍感欣慰，要知道，此时归家已经好多年没有子孙通过读书而考取功名了。祖母轻轻地为他掩上门，过了一会儿，她拿着一块象牙笏板来到书房，递到归有光手上，说那是她的祖父当年上朝时用过的，这位先人在宣德年间任太常寺卿，她认为归有光有一天一定可以光耀门楣。

光阴如流水，往事却历历在目，仿佛就发生在昨天。

归有光成年后娶了妻。妻子回家省亲时，几个待字闺中的妹妹听说姐姐家有这么一间小阁子，都好奇地向她打听。当归有光在书房执卷用功时，妻子时常为他端茶送水，听他讲古人的故事，有时候也会坐在他身边写写画画，少年夫妻一起度过了一段琴瑟和鸣的美好时光。他妻子亲手在庭院中栽种了一棵枇杷树，结果不到一年妻子就去世了。许多年以后，当归有光再一次想起妻子时，只见庭院中那棵枇杷树已经长得挺拔茂密，枝叶像一把大伞盖一样了。

经历世事变迁，归有光不得不外出谋生，于是搬离了故园。这篇《项脊轩志》记录了那些幽幽光阴中更迭变迁的人世和他大半个人生。这份深情跨越时空依旧荡漾在每个人的心中。

每个人的心中都有一份对家的寄托。或许是故园斑驳的墙壁，是庭院里那棵高大的梧桐树；或许是照顾你饮食起居的奶奶和妈妈，是陪伴你长大的哥哥和姐姐。长大后，我们像离巢的鸟儿一样飞向了远方，但我们又何尝不是被放飞的风筝，牵着我们的那根长长的线的另一头一直留在故乡。

我的童年大部分时间是跟着爷爷奶奶一起度过的，小时候房前屋后栽了很多树，有榆树、槐树、椿树、梧桐树，唯独院内栽了两棵石榴树。爷爷跟我说，石榴代表多子多福，栽在院子里象征着吉利。每年中秋节前后，是石榴果实成熟的季节，爷爷总会从树上摘下石榴给我吃。他还把石榴树下滋生出来的枝丫连根挪到南墙根下，于是院子里又多了一排石榴树苗。

五六岁的时候，我从自行车上摔了下来，小腿骨折。从医院打了石膏回来，每天只能躺在床上。所谓伤筋动骨一百天，我每天躺在床上，只能盯着房梁发呆。你或许很难想象，这对一个每天疯玩的孩子来说，是多么大的煎熬。

起初小伙伴们还会来找我玩，可他们每次来了，我都不能和他们一起出去玩，渐渐地，来找我玩的小伙伴就越来越少了。最后，干脆一个也没有了。有一天，比我大两岁的堂姐来了，她得知我还不能下床玩耍，没有像其他小伙伴一样径自离去，而是跑到院子里捧来许多石榴树叶子，她说："你看，这是什么？"

说着，她使劲把手里的叶子高高地撒向半空，叶子飘飘洒洒地落在我的身上，我觉得有趣极了！她又去摘了石榴树花，石榴树开的花火红火红的，花瓣从天空飘散下来，每一个花瓣都像一个在空中跳舞的可爱的小精灵。

我们就那样玩了整整一个下午，那一个下午也成了我童年里最闪闪发光的记忆。

几年后，因为要翻新老房子，爷爷和奶奶暂时搬进二叔家住。那时候我已经在外地读大学了。二叔家院子里也有一棵石榴树，但这棵树和我家院子里的不同，它长得很高大但果子很小。那一年国庆节放假，我回家住了几天，临开学返校时，爷爷执意要摘石榴给我吃，可是那么大一棵树，只有在很高的枝丫上结了几颗果子，很不好摘。爷爷费了很大的力气，却只摘下来一颗石榴，当时表弟、表妹们都在，爷爷却独独把那一个石榴给了我。看着爷爷拿着石榴径直走向我，我顿时泪眼婆娑。这似乎成了我和爷爷间无须宣之于口的默契。

我很小的时候，从野外挖回来一株桃树苗。爷爷很是爱惜，他精心地把它栽在南墙根边上，很多年过去了，我几乎忘了那棵桃树。有一年我回到家，爷爷兴高采烈地跟我说："你小时候挖回来的那棵桃树已经开始结桃子了，那是棵九月桃，比其他桃子结得晚，但果子也比一般桃子甜。下回等你回来了，一定尝尝。"

我很惊喜那棵桃树竟然结果了。

第二年等我回去的时候，已经过了桃树结果的季节。每次都是回到家以后，才想起这回事。那次爷爷跟我说："今年结了不少桃子，我都摘下来给你留着。在窗台上放得太久了，都开始坏了，不能再放了。有的还被小鸟啄坏了，我只好把剩下的给吃了。"爷爷絮絮叨叨地说着。我知道他是没等到我回来。

又过了很多年，我已经工作了，回家的次数就更少了。有一年春节回家，家里的亲戚都催着我结婚，要我眼光不要太高、不要太挑剔，我也不知道该怎么辩驳，只好尴尬地笑笑以示回应。有一天吃完午饭，我跟爷爷坐在院子里，爷爷又提起那棵桃树，他说："你小时候挖回来的那棵桃树，是棵九月桃，比别的桃树开花结果都晚，但结出来的桃子比别的都甜。"

"是啊，我一直还没吃到过呢。"我再一次不无遗憾地说着，结果爷爷话锋一转。

"每棵树开花结果都有时节，人也是，每个人开花结果的时间也都不一样。你结婚要比别人晚，爷爷知道，你以后会过得最幸福。"

日影倾斜，院子里投下一长一短两束光影，在岁月的长河里，凝固成爷爷对我的爱。

许多年以后，我终于得遇良人顺利地结婚，真的过上了幸福的生活。可遗憾的是，院子里再也没有爷爷的身影了。老屋破旧，风一吹，只能听见野草的沙沙声……

儿时的一砖一瓦再无踪迹，儿时的玩伴也都四散各地，故乡成为每一个人心中最浪漫的锚地。

在我们很小的时候，故乡就在每个人的心中都种下了一颗叫作"思念"的种子，随着年龄的渐长，它在我们心中已发芽生长，变得越来越枝繁叶茂。

你会想起故乡吗？

项脊轩志

明·归有光

项脊轩，旧南阁子也。室仅方丈，可容一人居。百年老屋，尘泥渗漉，雨泽下注；每移案，顾视无可置者。又北向，不能得日，日过午已昏。余稍为修葺，使不上漏。前辟四窗，垣墙周庭，以当南日，日影反照，室始洞然。又杂植兰桂竹木于庭，旧时栏楯，亦遂增胜。借书满架，偃仰啸歌，冥然兀坐，万籁有声；而庭阶寂寂，小鸟时来啄食，人至不去。三五之夜，明月半墙，桂影斑驳，风移影动，珊珊可爱。

然余居于此，多可喜，亦多可悲。先是庭中通南北为一。迨诸父异爨，内外多置小门墙，往往而是。东犬西吠，客逾庖而宴，鸡栖于厅。庭中始为篱，已为墙，凡再变矣。家有老妪，尝居于此。妪，先大母婢也，乳二世，先妣抚之甚厚。室西连于中闺，先妣尝一至。妪每谓余曰："某所，而母立于兹。"妪又曰："汝姊在吾怀，呱呱而泣；娘以指叩门扉曰：'儿寒乎？欲食乎？'吾从板外相为应答。"语未毕，余泣，妪亦泣。余自束发读书轩中，一日，大母过余曰："吾儿，久不见若影，何竟日默默在此，大类女郎也？"比去，以手阖门，自语曰："吾家读书久不效，儿之成，则可待乎！"顷之，持一象笏至，曰："此吾祖太常公宣德间执此以朝，他日汝当用之！"瞻顾遗迹，如在昨日，令人长号不自禁。

轩东故尝为厨，人往，从轩前过。余扃牖而居，久之，能以足音辨人。轩凡四遭火，得不焚，殆有神护者。

…………

余既为此志，后五年，吾妻来归，时至轩中，从余问古事，或凭几学书。吾妻归宁，述诸小妹语曰："闻姊家有阁子，且何谓阁子也？"其后六年，吾妻死，室坏不修。其后二年，余久卧病无聊，乃使人复葺南阁子，其制稍异于前。然自后余多在外，不常居。

庭有枇杷树，吾妻死之年所手植也，今已
亭亭如盖矣。

（本文依据人教部编版高中语文选择性必修下册）

回乡偶书：

我才是这村里长大的人

人只有到了一定年纪，才开始懂得故乡的含义，明白故乡在心中的分量。可遗憾的是，那时候，我们和故乡之间已经有了一条看不见的隔阂。

他乡成了故乡，故乡成了远方。

唐朝著名诗人贺知章的《回乡偶书》二首，可谓将这种身在异乡的人生境遇刻画到了极致，而这也与他的人生际遇有着莫大的关系。

贺知章是唐朝越州永兴（今浙江杭州萧山）人，二十多岁就高中状元，被委任为朝廷官员后便离开了家乡。直到天宝三载（744年），离开家乡五十多个年头的贺知章辞去官职，准备告老返乡。唐玄宗亲自率领太子和百官为他设宴送行，数百名官员参加宴会，据说那是当时规模最大的宴会，唐玄宗还把他家乡的镜湖赏赐给了他。那一年，他已经八十六岁高龄了。

贺知章带着无比的荣耀回归故乡，沿着记忆中的道路，他归心似箭却也近乡情怯，乡音依旧，只是当年那个意气风发的少年，如今已垂垂老矣，隔着五十多年的光阴，家乡也早已不是他当初记忆中的模样。杨柳依依，镜湖微澜，这个鹤发的老者回到自己阔别多年的家乡，几个嬉闹玩耍的儿童跑过来好奇地打量着他，却没有一个人认识他，还好奇地询问他是从哪里来的客人。不怪孩童不认识，即便是当初同他一起长大的玩伴，此时再见到他，恐怕也不一定能认得出来了吧。

逝去的时光总令人怅惘。小时候看着你长大的乡亲和陪你玩耍的伙伴，几十年后再见面时，隔着幽幽的光阴，彼此心中恐怕都会生出一种恍如隔世之感吧。相信每一个在外漂泊的人，对此都深有体会。

大学毕业后，在外地谋生的人纷纷成为各种"漂"。无论是"北漂""沪漂""深漂"，还是"杭漂"，他们无非是一群在远离家乡的陌生城市，从事着一份看似体面实则辛苦工作的人。对他们而言，家乡慢慢会变成一个符号，宛如亘古不变的孤岛。

当我终于又回到故乡，记忆中的一切早已经变了模样。

新修的马路穿村而过，曾经每天上下学必经的那条路，被荒草掩盖废弃已久；昔日废弃的空地被开发成健身广场，曾经空寂的地方开始变得热闹；村里很多上了年纪的老人都已经去世了，老屋上的野草在风中颤抖；跟父母年纪差不多的邻居也都一个个老了，从他们爬满皱纹的脸上依稀还能辨认出从前的模样；路上奔跑嬉闹的不知是谁家的孩子，新添的面孔也不知道是什么时候嫁过来的姑娘。小时候无论走到哪里都是熟悉的面孔，如今长大了走在村子里，很多人都好奇地将我打量，直到我说出父母的名字，他们才恍然大悟地表示知道。在他们眼里，我仿佛成了外来的客人，其实我才是这个村里长大的那个人啊。

有一年，我和妹妹一起回老家，在老街口遇到一个老人，虽然已老态龙钟，但我一眼便认出了他，他是我爷爷的发小，我赶紧走上前去跟他打招呼。他步履蹒跚地一点一点挪过来，满眼好奇地仔细打量我们。当我们分别说出自己的名字后，他仿佛开始从遥远的回忆中检索我们的模样。

"回来啦！"

"嗯呢，回来啦！"

"您身体挺好的吧？"

"挺好的，挺好。"

"你是妹妹，你是姐姐？"他疑惑地指指我，又指指妹妹。

"她是妹妹，我是姐姐。"我纠正着他。

妹妹比我个子高，他错以为妹妹是姐姐。

浓得化不开的情感到了嘴边，只化作了几句随意而平常的寒暄。他细细地盯着我看，我使劲地咧着嘴笑。记忆中，他走路生风、爱说爱笑，和爷爷一样是全村为数不多的几个会写大字的文化人，全不似眼前这般模样。

几年前，听妈妈说起，他因吃错药住进了医院，结果意外检查出癌症晚期，随后就被医院告知治疗意义不大，让他回家了。当乡亲们都以为他将命不久矣时，没想到，他竟然奇迹般地不治而愈了，没有人说得清其中的缘由，大家都猜测可能是医院检查有误。这几年，他身体还算硬朗。我小时候，他时常来找爷爷喝茶，一来二去，两家结为秦晋之好，他家二儿子成了我的姑父，我大姑成了他的儿媳妇。从此，他和我爷爷从发小变成亲家，关系更亲一层了。

那次见到他时，爷爷已经去世四年了。

我和妹妹从小是跟着爷爷奶奶长大的。

我家院子里有几棵梧桐树，夏天的傍晚，我们一家人在树荫下吃饭、乘凉、吃西瓜。天气晴朗的晚上，爷爷还会带着我睡在房顶上，望着满天星斗，枕着一个个瑰丽奇幻的故事入眠，风吹过，很是凉爽。爷爷肚子里的故事多得好像永远也讲不完，那是多么开心快乐的时光啊！童年的生活好似一个梦，梦醒了什么都没有了，我失去了我的爷爷，我哭了好多年，没有用，爷爷再也不会回来了。

树影婆娑，时光朦胧。

我做了一个很长很长的梦。

有些人见面需要坐车，而有些人见面需要做梦。可慢慢地，有些人就连做梦也见不到了……

有人说："真正的离别，不是桃花潭水深千尺，不是长亭古道，只不过是在同样洒满阳光的早晨，有些人和有些事，就永远地留在了昨天。"

时光总是以失去的方式，告诉你曾经拥有的是多么珍贵。

小时候渴望长大，长大后又想回到童年。有时候，我总忍不住地想，人一生追求的意义到底是什么？或许，我们一生追求的东西，从一开始就已经拥有了，只是那时候我们不知道，也不懂得。或许，我们向往的也并不是乡村的生活，而是怀念曾经无忧无虑的童年，尚未老去的父母，以及在生命中陪伴我们成长的至爱的亲人。

原文欣赏

回乡偶书二首

唐·贺知章

其一

少小离家老大回，乡音无改鬓毛衰。

儿童相见不相识，笑问客从何处来。

其二

离别家乡岁月多，近来人事半消磨。

惟有门前镜湖水，春风不改旧时波。

陈情表:

亲人在，人生尚有来处

　　有人说，至亲的离世不是一场暴雨，而是内心一生的潮湿。每每在某个不经意间想起，泪水便忍不住涌上眼眶。

　　李密是西晋时期的名臣，出生于官宦世家。可惜他命运多舛，出生六个月时，做太守的父亲就去世了，母亲何氏不久也改嫁了。李密尚在牙牙学语，便失去了双亲。

　　母亲离开他时，李密只有四岁，他不知道母亲为何会丢下自己，每天都盼望着母亲回来，为此还生了一场病。祖母刘氏心疼不已，将他接到身边抚养。

　　祖母对李密的成长十分重视，既给了他母亲般的慈爱，也有父亲般的严厉。李密从小身子骨就弱，小时候经常生病，到了九岁还不会走路。那时候医疗条件有限，幼童的早夭率极高，从小体弱多病的李密，能够顺利地长大成人，足见祖母付出多少心血。

此外李密没有叔伯帮衬，亲戚之间也很少走动，他能够健康长大全靠祖母一人。祖母不仅重视他的身体健康，也同样重视他的学业，让他从小熟读《五经》。在祖母的精心抚育下，李密逐渐成长为一个谦恭有礼、博学多才的优秀青年。

几年后，李密到蜀国为官，历任尚书郎、大将军主簿。魏灭蜀以后，魏国名将邓艾对李密倾慕有加，特邀请他担任主簿。可此时祖母年事已高，李密想陪在祖母身边尽孝，为她养老送终，因此谢绝了邓艾的邀请。

公元267年，晋武帝司马炎册立司马衷为太子，下诏命李密担任太子洗马。李密仍不愿赴任，但是诏书下达多次，郡县也接连催迫。无奈之下，李密只好将自己的成长经历和心意写成奏章呈递朝廷，于是就有了这篇流传千古的《陈情表》。

司马炎看到这篇文章后，对李密的孝心大加赞扬，还特别赏赐给他两个奴仆和一些钱财费用以作赡养他祖母之用。直到祖母去世，丧期结束以后，李密才接受征召去上任。

这就是感人至深的《陈情表》的故事。

隔代之间那种深厚而奇妙的感情纽带，总是特别令人动容。

写到这里，我不禁想到在网上看到的一则新闻——

"90后小伙子带着奶奶去打工"，这则新闻曾让无数人泪流满面。

在乡间的土路上，一个年轻的小伙子一手拉着年迈的奶奶，一手拖着沉重的行李箱，他们正在跟老屋告别，一起踏上进城打工之路。老人步履蹒跚，沧桑的眼神里满是不舍。

这并非是小伙子功成名就之后，接奶奶去大城市定居，而是因奶奶年老体弱无法独自生活，小伙子不忍心留奶奶一个人在老家，不得已才想出的办法。你或许会疑惑：他的父母为什么没在家赡养老人？原来，小伙子有一个令人无奈的原生家庭，因父母常年在外打工，他是在爷爷奶奶的抚养下长大的。如今父母不仅没有好好赡养奶奶，平时除了向他要钱外，几乎很少与他联系。小时候他是留守儿童，长大后他却成了父母的提款机，而年迈的老人，又成了他父母的负担。

小时候，他和爷爷奶奶相依为命，爷爷去世后，就只有奶奶把他视若珍宝了。每次回家，年迈的奶奶都坚持给他做饭，可看着奶奶焖米饭时不停颤抖的手，他知道奶奶真的老了，该是好好回报她的时候了。

有一次他回到老家，奶奶神神秘秘地关上房门，从柜子里拿出一个破旧的塑料袋子，里三层外三层裹得严严实实的，费了好大功夫打开之后，一些一分钱的硬币和一毛、五毛的旧纸币慢慢露了出来，奶奶郑重地将这些钱交到小伙子手上，叮嘱他这些钱是留给他婆媳妇用的。奶奶不知道现在一分钱几乎已经没有购买力了，小伙子也不知道这些零碎的钱是奶奶捡了多少空瓶子攒下来的。

小伙子不在家时，奶奶总是一个人待着，也很少说话。只有小伙子回来了，奶奶的世界才增添了一点色彩。有一天，小伙子去同学家玩时，忘记告诉奶奶了，奶奶做好饭后找不到他，竟躺在床上默默哭泣，奶奶以为孙子已经离开家外出打工去了。

一边是奶奶，一边是生计。奶奶独自在家生活难以为继，小伙子离开城市一时也没有更好的出路。无奈之下，小伙子决定带着奶奶去打工。于是便有了前头那一幕，小伙子牵着老人，老人一步一回头望着自己的老屋和田埂，让人心疼又让人心酸。生活对每一个人而言，都是那么不容易！

小伙子第一次带奶奶坐飞机、第一次坐大巴、第一次乘地铁，面对陌生的环境，奶奶惶恐得像个孩子，为了让奶奶放轻松，小伙子一路上耐心地陪着奶奶说话。小伙子想带奶奶去饭店吃饭时，奶奶怕花钱说什么也不肯去，坚持要吃自己带的食物。等小伙子好不容易把奶奶哄进餐厅，奶奶小心翼翼地吃完后，翻出一个发黄的手绢，手绢来来回回包了好几层，里面是一卷被揉皱了的纸币，只有一张一块钱的，其余的都是一毛钱。奶奶想付款，小伙子小心翼翼地把钱收好还给奶奶。

奶奶在城市里生活得很不习惯，每次出门总找不到回家的路，没住几天就想回去。为了更好地照顾奶奶，小伙子干脆辞去了大城市的工作，和奶奶一起回到了熟悉的老家，他决定留在老家陪伴老人。

这个小伙子很勇敢，也很让人佩服！

有网友说，看到他和奶奶在一起的画面，李密《陈情表》里那句"臣无祖母，无以至今日；祖母无臣，无以终余年"便具象化了。

是啊！从小到大，他在别人眼中或许是不被重视的存在，可在奶奶那里，他永远是珍宝。

年老体迈的奶奶慢慢成为他人的负累，可在他的心里，奶奶才是最温暖的港湾。

这又不禁让我想起了我的外婆。

我读小学时，父母外出打工，有一段时间，父母把我交给了外婆抚养。妈妈是外婆最小的女儿，她跟她大姐年龄相差了十几岁。那时候外婆的年事已高，而且她小时候家里很富裕，一生没受什么苦，她性格恬淡，喜欢喝茶、种菜，向往轻松自由的生活。

可怜天下父母心，外婆看到她小女儿的生活过得苦，支持他们去外面挣点钱，便主动接过了我这个"累赘"。她没有问我父母要生活费，反而将自己的养老钱补贴了一部分给他们。

"你们放心去打工，小孩交给我，你们放心。"

外婆享了大半辈子福，一日三餐都在几个舅舅家吃，带着我以后，她只得自己做饭。舅妈对此颇有怨言，埋怨外婆不带自己的孙子，反而带外孙女，外婆也只能装作没有听见。

我那时候年龄小也不懂事，不懂得外婆身上这些压力，还经常因为看不到爸爸妈妈而大吵大闹。外婆总耐心地跟我讲道理，说爸爸妈妈外出打工，要赚钱给我交学费，给我买玩具、买衣服。外婆一边抚摸着我的脑袋，一边给我擦眼泪。她的手因为衰老而变得干枯，满是褶皱，可摸在我脸上和头上却很舒服，带着抚慰的力量。每次爸爸妈妈打电话来，我都委屈得抽泣个不停，但只要外婆的手一放在我的脸上、头上，我便觉得很温暖、很安心。

那时，农村的生活条件一般，家家户户都自己种菜，一日三餐大多是应季果蔬，很少能吃得上肉。我又很挑食，外婆担心影响我的身体。

一天，天刚蒙蒙亮，外婆就起了床，她迈着小步一点点走到村外的马路。两个小时后，她才一脸疲倦地回到家，手上还提着半斤猪肉。我那时并不懂外婆步行去一趟镇上有多辛苦，只是高兴有肉吃了，而且一个星期能吃上三回。我慢慢长得越来越壮了，外婆似乎显得更苍老了。

记得小时候，夏天很热，家里没有空调，只有老旧的吊扇吱呀呀无力地转着，我热得睡不着觉。外婆找出一张竹床，费力地将它拖到楼顶，然后带着我去楼顶睡觉。因为外婆家临近湖边，吹过楼顶的晚风非常清凉，头顶的星空明亮璀璨、悠远深邃，虫鸣蛙叫不断，真是一派宁静而美好的乡村生活。

美中不足的是大蚊子密密麻麻地聚在竹床周围，时不时在我身上叮一口，让人痒得睡不着觉。这时，外婆就坐在我旁边，拿着一把蒲扇，一边给我扇风，一边讲我母亲小时候的趣事，不知不觉我便进入了梦乡。

我记不清多少个这样的夜晚，外婆轻轻摇着扇子，清凉晚风中我看不清她额头上的汗珠。

外婆没有念过书，所以对我的学习很上心。每天我写作业的时候，她都会搬一把椅子坐在我旁边看着，她不知道我在写什么，但会监督我写的字笔画是不是工整，写完之后，她还会请隔壁的哥哥帮忙检查我的作业。

有一天，外婆在家做好午饭后，迟迟不见我回家，便一路找到学校，结果发现我因为背不出课文被老师留了下来。得知我在学校上课不认真，外婆非常生气，回到家狠狠把我打了一顿。从那以后，我对外婆又爱又怕，学习态度也端正了许多。

虽然和外婆一起生活的时间不长，却成为我难以忘怀的美好时光。过两年，我被父母接走了，送到了爷爷奶奶身边，但逢年过节只要一放假，我都会抽时间去看望外婆。

又过了几年，我到外地读大学去了，与外婆见面的次数就更少了，只有春节拜年时才会回去一趟。

随着年龄的增大，我越发能体会当年外婆对我的好，每次与父母聊天，我都会念叨着，以后工作了，要多赚钱孝顺外婆。可工作以后，我才发现自由成了奢侈，每天琐事缠身，连最基本的社交都很难挤出时间，更别提回到老家看望外婆了，于是红包成了我表达孝心的唯一方式。

每次给外婆打电话，她都说："外婆有钱，你们年轻人挣点钱不容易，自己留着用。"然后每到过年，她都以发压岁钱的方式把我给她的红包再发给我，通常还会多出几百块钱。看着外婆坚决的样子，我不禁有些心酸。

我告诉外婆，平时工作太忙，总抽不出时间来看她，等我休年假了再来陪她住几天。我想要陪外婆看星星，给外婆摇蒲扇，去镇上买肉炖汤给她喝。

外婆说："我一个老太婆有什么好看的，你心里有外婆就行。"

离开的时候，透过汽车的后视镜，我看到外婆一直站在门口望着我们远去，她的身影渐渐变成一个小点，最后从后视镜里消失不见。

2019年的一天，我正挤在下班的地铁上，突然接到妈妈打来的电话。电话那头妈妈泣不成声，我心里陡然一紧，从她含混不清的话语中，我听到了最不想听到的消息：外婆快不行了。

听到这句话，我浑身都没了力气，在乘客们诧异的目光中哭了起来。

我们连夜驱车赶回老家，越临近村口，我越加悲痛，我不敢相信也不敢面对，祈求一切还有转机。这时舅舅打来电话，问我们什么时候到，说外婆已经没有生机了，但吊着一口气不肯咽，看起来十分痛苦。听到这种情况，我们加快了车速。

等我们匆匆忙忙赶到家时，只见外婆的房间乌泱泱围满了人，舅舅大声在她耳边喊着："妈，你还有什么放不下的，是不是还没看到妹妹（我妈）一家人？"外婆吃力地点了点头。这时候我和妈妈赶紧扑到了床前，外婆看看妈妈又看看我。她看得很慢，却很认真，然后伸出手握住了我的手，微笑地合上了眼，两行泪水缓缓从眼角滑落。

舅舅赶紧上前摸了摸外婆的脉搏和呼吸，随后发出一声哭喊："妈！"

"妈""奶奶""姑"……

那一刻，房内人声嘈杂，可我的世界却一片寂静。

我，再也没有外婆了。

头七天守夜，我坐在外婆旁边，手里拿着蒲扇，轻轻为她驱赶蚊蝇。屋外的星空依旧悠远而深邃，与童年时似乎一般无二。可我心底的承诺——陪外婆住几天、给她做做饭、摇摇扇，却再也没有机会实现了。

《陈情表》中的那颗"报养之日短"的子弹，在那一刻正中我的眉心。

亲人在，人生尚有来处；亲人去，人生只剩归途。

子欲养而亲不待的遗憾，希望你们永远也不要体会。

原文欣赏

陈情表

西晋·李密

臣密言：臣以险衅，夙遭闵凶。生孩六月，慈父见背；行年四岁，舅夺母志。祖母刘愍臣孤弱，躬亲抚养。臣少多疾病，九岁不行，零丁孤苦，至于成立。既无伯叔，终鲜兄弟，门衰祚薄，晚有儿息。外无期功强近之亲，内无应门五尺之僮，茕茕孑立，形影相吊。而刘夙婴疾病，常在床蓐，臣侍汤药，未曾废离。

逮奉圣朝，沐浴清化。前太守臣逵察臣孝廉，后刺史臣荣举臣秀才。臣以供养无主，辞不赴命。诏书特下，拜臣郎中，寻蒙国恩，除臣洗马。猥以微贱，当侍东宫，非臣陨首所能上报。臣具以表闻，辞不就职。诏书切峻，责臣逋慢；郡县逼迫，催臣上道；州司临门，急于星火。臣欲奉诏奔驰，则刘病日笃；欲苟顺私情，则告诉不许：臣之进退，实为狼狈。

伏惟圣朝以孝治天下，凡在故老，犹蒙矜育，况臣孤苦，特为尤甚。且臣少仕伪朝，历职郎署，本图宦达，不矜名节。今臣亡国贱俘，至微至陋，过蒙拔擢，宠命优渥，岂敢盘桓，有所希冀。但以刘日薄西山，气息奄奄，人命危浅，朝不虑夕。臣无祖母，无以至今日；祖母无臣，无以终余年。母、孙二人，更相为命，是以区区不能废远。

臣密今年四十有四，祖母今年九十有六，

是臣尽节于陛下之日长，报养刘之日短也。乌鸟私情，愿乞终养。臣之辛苦，非独蜀之人士及二州牧伯所见明知，皇天后土实所共鉴。愿陛下矜愍愚诚，听臣微志，庶刘侥幸，保卒余年。臣生当陨首，死当结草。臣不胜犬马怖惧之情，谨拜表以闻。

（本文依据人教部编版高中语文选择性必修下册）

祭十二郎文：

来日并不方长

韩愈被誉为"唐宋八大家"之首，他出身官宦之家，不过父亲在他三岁时便去世了，韩愈便由大哥韩会抚养。十二郎名韩老成，原本是韩愈的二哥韩介之子，过继给了大哥韩会。所以，韩愈和十二郎从小一起长大，共同度过了许多艰难时光，二人又年龄相仿，所以虽是叔侄却亲如兄弟，感情十分深厚。

韩愈成年后，为了仕途生计奔波于各地，与十二郎见面的机会逐渐减少。韩愈十九岁时前往京城，直到四年后，韩愈回乡参加祖先祭扫，遇到了前来安葬嫂嫂灵柩的十二郎。两年后，韩愈在汴州给宣武节度使董晋做幕僚，十二郎专程赶来投奔他，两人同住了一年，一年后十二郎回家去了，想着来年接家眷一起去汴州与韩愈团聚。没想到，第二年董晋去世，韩愈不得不离开汴州另谋生计，因此最终十二郎也没有来成，两人也失去了团聚的机会。

韩愈去徐州帮忙军务，刚落定脚跟就派人去接十二郎，没想到人尚未接到，韩愈就又被免职，因而不得不离开徐州，二人再次丧失团聚的机会。在外谋生漂泊不定，数次想与家人团聚，终是没能如愿。此时，颠沛在途的韩愈忍不住想，如果让十二郎跟随自己来汴州、徐州，也不过是和他一样作客他乡，终究不是长久之计；从长远考虑，还不如等自己回到老家，在那里安顿好一切再去接十二郎一家团聚。这样既免了十二郎来回奔波之苦，一家人也终于有了常住安定的居所。

韩愈满心欢喜地筹划着未来一家团聚的美好生活，可万万没有想到，就在这时候，他突然接到了十二郎去世的噩耗，这消息犹如晴天霹雳，将韩愈震得悲痛不已，悔恨交加。他一直觉得他们两个人都还算年轻，年轻时短暂的分别，终将能换来以后长久的团聚，所以他才为了几斗米的俸禄去京师做官。他无论如何也没有想到，十二郎竟会这么早地离他而去，悲痛之余他忍不住喟叹，如果早知道是这样，他一天都不会丢下十二郎，即使上天让他任公卿宰相他也不会去上任的！由此可见，韩愈内心之悲恸。

《祭十二郎文》感情真挚动人，令听者伤心，闻者落泪。《古文观止》的编者吴楚材、吴调侯评论此文说："情之至者，自然流为至文。读此等文，须想其一面哭、一面写，字字是血，字字是泪。未尝有意为文而文无不工。"还有南宋高人评论："读韩退之《祭十二郎文》而不堕泪者，其人必不友。"

十二郎去世时，年龄并不大，所以韩愈之前一直觉得二人来日方长。等他完成了某件事、达成了某个愿望后，他们就可以幸福地生活在一起了。

我们又何尝不是呢？总觉得人生还很长，我们总会有时间和机会去做自己真正想做的事。直到有一天，平静的生活突然被意外打破，有些人天人永隔了，有些事永远地失去了实现的可能，才不得不无可奈何地承认，生命来来往往，来日并不方长。可那时候，留给我们的除了悔恨，就只有无尽的遗憾了。

年少不经世事，不懂得生死的沉重，上学时读这篇文章时悲伤之情是有的，但尚且做不到感同身受，自然也不能体会其中的真味。直到慢慢长大，眼看着身边的人遭受了亲朋离世的苦痛，那一刻那些真切的哀思与悔意才真正具象化。

我第一次感受到这种情感，是来自父母的沉默。

父母有一个朋友叫二春子，他比父亲小几岁，踏实能干，忠厚善良，对我而言是一个亲切的叔叔。

20世纪90年代初期，务农收入微薄，父亲为了维持一家的生计，不得不背井离乡独自一人外出打工。不知道父亲从哪里得来的消息，他在位于北京西郊的一个蔬菜种植园承包了几亩大棚，很快也把母亲从老家带了出来，从此开启了他们近二十年的蔬菜种植生涯。这个营生虽然没有给我们一家带来富足的生活，但父母手里也总算有了盈余，收入比在老家时不知好了多少。

在北方的农村里，安土重迁的观念根深蒂固，即使温饱难以为继，人们往往还是更愿意守在家乡，肯外出寻找出路的人毕竟是少数。最早跟着父亲出来的就是二春子，他主动联系到父亲，说在老家实在没有出路了，托父亲在北京帮他找找大棚，如果有机会的话，他也愿意出来闯一闯。

父亲是个热心肠的人，而且还和二春子的哥哥是发小，这个忙自然是乐意帮的。几个月后，父亲就联系到几个闲置且要出租的大棚，把租金和住宿条件了解清楚后，就给二春子报去了信。二春子很满意，凑够了地租就拖家带口来到了北京。在父母的帮衬下，二春子很快就上手干了起来。许是因为同在异乡为异客，也许是为了感激父母的帮忙，二春子和他媳妇经常来我家串门做客，忙的时候来我家里帮忙干活，闲的时候过来找我父母聊天。就这样，我们两家结下了深厚的情谊。

那时候，父母他们都还年轻，对新生活充满了希望。农忙的时候，两家相互帮忙，不忙的时候还会一起约着去逛逛天安门、故宫……每年放暑假的时候，父亲会回到老家，把我们姐弟几个和二春子家的两个孩子一起接到北京。记得我们两家一起去过颐和园、动物园、游乐园，还一起爬过八大处的虎头山……母亲经常和二春子的媳妇一起去逛街，我们两家的孩子也变成了亲密无间的好伙伴。

　　之后的几年，在父母的帮助下，又有不少老乡从老家陆陆续续来北京承包蔬菜大棚，其中有不少人干了几年就打道回府了，也有一些人换租去了其他地区。几年间从父母身边来来往往的人不计其数，我对那些人的印象都算不上深刻，记忆中他们是一群朝气蓬勃的青壮年。

　　八年后，二春子一家也回老家去了。我也从一个小学三年级的孩子成了即将入学的大学生，只有我父母始终坚守在这里，他们仿佛在这个行当找到了某种成就感一样。从北京离开的人，走之前都会来我家跟我父母一起吃顿饭，其他人离开时我也记不大清楚了。但我一直清楚地记得二春子回去的时候，父母都非常感慨，感慨他们一起并肩打拼的时光转眼就消逝了。我记得父亲说，等他以后也回老家了，一定约上二春子和那一帮老乡再像现在这样一起喝酒吃饭。说这话时，父亲郑重其事像是下定了某种决心，正是这份真挚的情感让这个约定一直铭刻在了我的心里。

就这样好多年过去了，其间断断续续听到过许多事情。比如，A出车祸撞坏了腿，B做起了买卖，生意很不错，C生了二胎，D离婚了……这些事情于我而言记忆朦胧，感受模糊。

直到有一天，父亲接了一个电话后突然沉默了，过了很久之后，只听父亲不无悲戚地对母亲说，二春子不在了。母亲一听也愣住了，嘴里喃喃地说着："怎么就走了呢？还和他们两口子约好了，回去一起吃饭呢！"

我至今都清晰地记得，我们两家人第一次去颐和园时的情景。二春子的媳妇是一个爱美的女人，她生得美也爱打扮，因为他们家只有两个儿子，她又喜欢女儿喜欢得紧，所以经常想方设法地打扮我。每年暑假我在北京时，她每天都会给我和妹妹编辫子，天天不重样，还常常劝我妈妈给我们买漂亮的裙子。记得我们两家第一次一起去颐和园那天，她还特意从鲜花大棚里摘了一大捧鲜花，一群人站在十七孔桥上拍合影时，她把那一大束鲜花塞到我手里，一定要我捧着鲜花拍照。那真是一段令人难忘的、快乐无忧的时光啊！

我也记得，二春子他们回老家时买了一辆轿车。在那个年代，北方的农村还很少有人能够买得起轿车，他们着实风光了一回。

听家乡的乡亲说，二春子从北京回去后，在水泥厂找了一份押车运输的工作，还是和以前一样兢兢业业、勤勤恳恳，对工作非常负责。出事那天是在一个工厂里，送货到站后他下车查看情况，司机卸货时没留意到他，猛然卸货一车铁粉瞬间就把他埋在下面了。

"二春子干活尽心啊，不下去看就不会出事了。"

"其实没必要下去查看，不去看就不会出事。"

乡亲们在惋惜的同时，也都埋怨着二春子过于尽心负责。我父母一直都知道，二春子向来都是那样尽心勤恳的人。听到这些后，我父母心里就更难过了。

此后好几年，家里都没人再提这件事了，像是某种禁忌。每次无意间听别人提到，父母都是沉默。只有我知道，他们之间还有未完成的约定，父母心里放不下。

许多年之后，父母年事已高，终于有机会回到老家。那些曾经一起在北京那片热土上挥洒过汗水的青年，一个个也都步入了老年。我也再没见过有谁再来找我父亲喝酒吃饭了。

作家三毛说："生命来来往往，来日并不方长。"

年轻时，人们总觉得人生漫长，来日方长。可随着年岁渐长后，渐渐便懂得了：变故到来时总是猝不及防。

懂得珍惜，并不是与生俱来的能力，而是一种面对生活的认真态度。只有珍惜当下拥有的一切，才能减少人生的遗憾。

趁阳光正好，趁微风不燥，见想见的人，做想做的事，才不辜负这来之不易的人生。

原文欣赏

祭十二郎文

唐·韩愈

年、月、日，季父愈闻汝丧之七日，乃能衔哀致诚，使建中远具时羞之奠，告汝十二郎之灵：

呜呼！吾少孤，及长，不省所怙，惟兄嫂是依。中年兄殁南方，吾与汝俱幼，从嫂归葬河阳。既又与汝就食江南，零丁孤苦，未尝一日相离也。吾上有三兄，皆不幸早世。承先人后者，在孙惟汝，在子惟吾。两世一身，形单影只。嫂尝抚汝指吾而言曰："韩氏两世，惟此而已！"汝时尤小，当不复记忆；吾时虽能记忆，亦未知其言之悲也。

吾年十九，始来京城。其后四年，而归视汝。又四年，吾往河阳省坟墓，遇汝从嫂丧来葬。又二年，吾佐董丞相于汴州，汝来省吾，止一岁，请归取其孥。明年，丞相薨，吾去汴州，汝不果来。是年，吾佐戎徐州，使取汝者始行，吾又罢去，汝又不果来。吾念汝从于东，东亦客也，不可以久；图久远者，莫如西归，将成家而致汝。呜呼！孰谓汝遽去吾而殁乎！吾与汝俱少年，以为虽暂相别，终当久相与处。故舍汝而旅食京师，以求斗斛之禄。诚知其如此，虽万乘之公相，吾不以一日辍汝而就也。

去年，孟东野往，吾书与汝曰："吾年未四十，而视茫茫，而发苍苍，而齿牙动摇。念诸父与诸兄，皆康强而早世。如吾之衰者，其能久存乎？吾不可去，汝不肯来，恐旦暮死，而汝抱无涯之戚也。"孰谓少者殁而长者存，强者夭而病者全乎？

呜呼！其信然邪？其梦邪？其传之非其真

邪？信也，吾兄之盛德而夭其嗣乎？汝之纯明而不克蒙其泽乎？少者强者而夭殁，长者衰者而存全乎？未可以为信也！梦也，传之非其真也，东野之书，耿兰之报，何为而在吾侧也？呜呼！其信然矣！吾兄之盛德而夭其嗣矣，汝之纯明宜业其家者，不克蒙其泽矣。所谓天者诚难测，而神者诚难明矣。所谓理者不可推，而寿者不可知矣。

虽然，吾自今年来，苍苍者或化而为白矣；动摇者或脱而落矣，毛血日益衰，志气日益微，几何不从汝而死也？死而有知，其几何离？其无知，悲不几时，而不悲者无穷期矣。

汝之子始十岁，吾之子始五岁，少而强者不可保，如此孩提者，又可冀其成立邪？呜呼哀哉！呜呼哀哉！

汝去年书云："比得软脚病，往往而剧。"吾曰："是疾也，江南之人，常常有之。"未始以为忧也。呜呼，其竟以此而殒其生乎？抑别有疾而致斯乎？

汝之书，六月十七日也；东野云，汝殁以六月二日；耿兰之报无月日。盖东野之使者不知问家人以月日，如耿兰之报，不知当言月日。东野与吾书，乃问使者，使者妄称以应之耳。其然乎？其不然乎？

今吾使建中祭汝，吊汝之孤与汝之乳母。彼有食可守，以待终丧，则待终丧而取以来；如不能守以终丧，则遂取以来。其余奴婢，并令守汝丧。吾力能改葬，终葬汝于先人之兆，然后惟其所愿。

呜呼！汝病吾不知时，汝殁吾不知日，生不能相养以共居，殁不能抚汝以尽哀，敛不凭其棺，窆不临其穴。吾行负神明，而使汝夭。不孝不慈，而不得与汝相养以生，相守以死。一在天之涯，一在地之角，生而影不与吾形相依，死而魂不与吾梦相接，吾实为之，其又何尤！彼苍者天，曷其有极！自今已往，吾其无意于人世矣！当求数顷之田于伊、颍之上，以待余年。教吾子与汝子，幸其成；长吾女与汝女，待其嫁。如此而已。

　　呜呼，言有穷而情不可终，汝其知也邪？
其不知也邪？呜呼哀哉！尚飨。

辑三

每个大人都曾是小孩，
只是少有人记得

种一棵树最好的时间是十年前，其次是现在。

送东阳马生序：
读书是看世界的路

　　有人说，语文会在人生的某一处等着我们。

　　年少学习古诗文时，我们懵懂不解其意，只能靠死记硬背，等经历了人世沧桑之后，才终于明白其中真味。可惜那时我们已经不再年轻了。

　　《送东阳马生序》是收录于九年级下册语文课本里的一篇古文，是明朝大儒宋濂的一篇赠序，文章讲述了宋濂少年时艰苦求学的经历，以及对后辈同乡马君则的殷切劝勉，文章感情真挚，寓意深远，具有很强的教育意义，曾在网络上引发无数网友的深切共鸣，令无数人发出"白首方悔读书迟"的唏嘘感叹！

　　宋濂出生在元朝末年的动乱年代，从小就酷爱读书，因为家中贫困买不起书，便常从别人那里借书，然后逐字抄录。为了能够按时归还，即使是在寒冬腊月，桌上的墨汁都结成了冰，手指被冻得握不住笔，他也坚持不懈地抄写，生怕耽误了还书的期限。宋濂很守信用，每次都能如期还书，因此很多人都乐意把书借给他，他通过这种方式得以博览群书。

成年后，宋濂对古圣先贤的学问更加渴慕，常常一个人四处走访拜谒名师。听闻何处有名师讲学，他常常一个人背着经书，不辞辛苦，步行好几百里路前去求教。讲学的老师德高望重，屋里挤满了前来求教的弟子门人，老师的言辞和态度十分严厉，宋濂总是态度谦恭地站在老师身旁，谦虚地提出心中的疑问，请求老师讲解其中的道理，同时恭敬地俯下身子侧耳认真地聆听教导。每当老师大声训斥时，宋濂就会表现得更加恭顺有礼，从不反驳，等老师态度缓和了以后，他又再去请教，求学的时候姿态始终都非常恭敬。

每次外出求师，宋濂总会背着书箱，穿着草鞋，穿行在深山峡谷之间。隆冬时节，冷风肆虐，冰冻有几尺之深，脚上的皮都被冻裂了他也浑然不觉。等到返回寄居的旅馆里时，身体都快被冻僵了，四肢动弹不得，服侍的人用热水给他洗澡，用棉被包裹着他，要很长时间才能缓过来。

一同住在旅店里的人大多出身富贵，他们身着华服，佩戴着名贵的饰品和帽子，还有象征身份的玉环和宝刀，他们光彩照人犹如仙人，只有宋濂穿着破旧的衣服穿梭在他们之间。旅店老板每天供应两顿饭，餐食简陋，没有美味佳肴，宋濂也毫不在意，因为他心中有宏大的志向、远大的目标，他既不以眼下的艰苦为苦，也不以那些人的享乐为乐。

宋濂出身穷苦之家，凭借艰苦求学的精神和坚毅顽强的毅力，成为名闻天下的一代大儒，被朱元璋誉为"开国文臣之首"，还被任命为太子朱标的老师。宋濂通过用功读书突破困境，最终彻底改变了自己的命运。

有一天，浙江东阳县一位叫马君则的青年奉命来京师朝见皇帝，因仰慕宋濂希望有机会登门拜见，所以写了一封长信作为敲门砖。宋濂见长信文辞畅达，十分喜欢，见面后又同他论辩，发现此人言语温和、态度谦恭。了解之后得知，马君则少年时一直勤学苦读，和宋濂年少时的经历十分相似，宋濂对此大加赞赏，于是特地将自己艰难求学的过程告诉他，以此作为勉励，就是这篇赠序的由来。

那时候，教育设施已经有了极大改善，朝廷专门设置了太学，里面有专门授课的老师，书籍也是应有尽有，每日还提供餐食。学子们可以在宽敞的房间里诵读上课，不必再像宋濂年少时那样四处借书用手抄录了，也不必再担心无从求教。另外，太学还允许学子的父母每年冬季送来保暖的皮衣，夏季送来清凉的葛衣，从此，学子们求学再也不会出现忍饥挨冻的情况了。

宋濂不厌其烦地对马生讲述如今教育环境的优渥，因此更加殷切地劝诫他应该勤勉读书，这像一个过来人，语重心长地向后辈分享自己的奋斗经验，苦口婆心地劝诫来人。

这是来自六百多年前古人的智慧，仿佛他们一早便知道：不吃读书的苦，就会吃无尽的生活的苦。

这个道理似乎亘古未变，任何时代都是如此。

你能想象，生在偏远山区的孩子，如果不读书会面临怎样的人生吗？

前段时间，看了一部纪录片《18岁的流水线》，一时感慨万千。我才知道，那些早早辍学去打工的年轻人，他们面临的生存环境是多么恶劣，他们的心中是多么苦闷。看完你就会懂得：读书对一个普通人来说到底意味着什么。

这部纪录片的导演走访了广州、惠州、东莞等珠三角地区的多家工厂，跟拍了三年，揭开了流水线上这些年轻人不为人知的真实困境。

狭窄的车间里，耳边充斥着永不停歇的机器轰鸣声，一群身穿蓝色工作服的工人正在埋头作业。一个叫杨鹏的小伙子，不小心被锋利的工作刀割破了手指，一瞬间鲜血流满了手指，可他只是半握着手指到车间医务室简单地贴了个创可贴，又转身继续回去工作了。他握着受伤的手，表情看上去很痛苦，可以看出伤口一定很疼，可是他却不敢休息。因为工厂里每个岗位上的工人，都像一个螺丝钉负责着一道程序，一个工序一旦停下来，下一道流程的工作也会跟着受影响，整条产品线的生产进度就无法保障。再者，休息就意味着被扣工资，他们每个月的收入原本就很微薄，为了不被扣钱，他宁愿选择忍痛继续上工。

下午六点多钟，一天的工作终于结束了。但主管一声令下要赶进度，所有人都不得不再加班四五个小时，尽管此时他们都已经筋疲力尽。加完班时，已经深夜甚至凌晨，简单的洗漱之后，就只剩倒头就睡的时间了。然而第二天等待他们的，依然是无穷无尽的无聊单调的流水线生活。

初中辍学后就进厂打工。他们如同工厂里转动的机器，夜以继日地劳动着，然而如此辛苦的工作，能让他们过上梦想中的美好生活吗？

并不能。

有一个年轻人，在工厂的流水线上一干就是十年，高强度的工作几乎将他的身体压垮，除了落下一身的毛病外，也没存到多少钱。于是他想另谋出路，唯一的机会就是回到老家寻找工作。回去后才发现，没有一技之长，他根本找不到像样的工作，而且老家的工资水平比在流水线上还低，一番折腾之后，他只好无奈地再一次回到工厂的流水线。

这群年轻的打工者，几乎都是90后，95后和00后占比最多，他们大多来自云贵川的大山深处，他们既没有学历做敲门砖，也没有技能傍身，离开之后根本不知道哪里才是出路。想离开却没有出路，留下又觉得不甘心。这就是流水线上的年轻人的生存困境。他们中的很多人都曾无数次离开这里，又无数次回到这里。纪录片中，有一句很扎心却又现实的话：因为没有一纸文凭，他们不得不一次又一次地回到这里。

在纪录片的结尾，记者问他们："如果还有一次可以读书的机会，你还想不想回学校读书？"

在长久的沉默之后，大家都重重地点了点头。

"富士康诗人"对流水线上的生活曾有过这样的描述：

我磨去棱角，磨去语言，拒绝旷工，拒绝病假。

流水线旁我站立如铁，双手如飞。

多少白天，多少黑夜，我就那样，站着入睡。

成年人的世界里，只有冷酷的现实和深深的无力感，沉重得让人失去倾诉的欲望。

读书的确很辛苦，但这个世界上的每一条路都不轻松。假如你现在不好好学习，等未来有一天，当你再回过头来看，你会绝望地发现，与生活的艰辛比起来，读书的那点苦真的不算什么。

曾经还看过一个视频：

一个孩子不想读书想退学，父亲没有劝说他好好学习，而把他带到自己工作的建筑工地，每天十个小时搬砖、和水泥，饿了也要等到下工才能吃饭，热得汗流浃背也不能休息。两天后，孩子主动跟父亲说，他不想在工地搬砖了，他要回学校好好学习。

孩子们在青春年少的时候，只觉得背书的枯燥和做作业的无聊，根本不懂不读书以后会面临什么，也无法从父母的三言两语的劝解中，体会出生活到底有多么苦。就像上面的那位父亲那样，只有让孩子亲身去经历和感受生活的艰辛，他才能真正懂得：学习是世界上最轻松的事。

一个人放弃了学习，也就放弃了对人生的选择权。当他们长大后，有一天真的身处困境时，再想从头开始逆转生活，转换一种全新的活法，那就只剩下深刻的悔恨了。

一位成功人士曾说过一句话："真正的愚蠢，是可以忍受几十年不快乐的人生，却不愿意花一年时间去学习，让自己改变一下。"

因此，我们不得不承认：青春年少时，去好好读书，让自己有机会接受更好的教育，努力提升认知、拓宽眼界，仍然是我们普通家庭孩子改变命运的最好出路。

别说读书苦，那是我们看世界的路。

送东阳马生序

明·宋濂

余幼时即嗜学。家贫，无从致书以观，每假借于藏书之家，手自笔录，计日以还。天大寒，砚冰坚，手指不可屈伸，弗之怠。录毕，走送之，不敢稍逾约。以是人多以书假余，余因得遍观群书。既加冠，益慕圣贤之道。又患无硕师名人与游，尝趋百里外，从乡之先达执经叩问。先达德隆望尊，门人弟子填其室，未尝稍降辞色。余立侍左右，援疑质理，俯身倾耳以请；或遇其叱咄，色愈恭，礼愈至，不敢出一言以复；俟其欣悦，则又请焉。故余虽愚，卒获有所闻。

当余之从师也，负箧曳屣行深山巨谷中。穷冬烈风，大雪深数尺，足肤皲裂而不知。至舍，四支僵劲不能动，媵人持汤沃灌，以衾拥覆，久而乃和。寓逆旅，主人日再食，无鲜肥滋味之享。同舍生皆被绮绣，戴朱缨宝饰之帽，腰白玉之环，左佩刀，右备容臭，烨然若神人；余则缊袍敝衣处其间，略无慕艳意，以中有足乐者，不知口体之奉不若人也。盖余之勤且艰若此。今虽耄老，未有所成，犹幸预君子之列，而承天子之宠光，缀公卿之后，日侍坐备顾问，四海亦谬称其氏名，况才之过于余者乎？

今诸生学于太学，县官日有廪稍之供，父母岁有裘葛之遗，无冻馁之患矣；坐大厦之下而诵诗书，无奔走之劳矣；有司业、博士为之师，未有问而不告、求而不得者也；凡所宜有之书，皆集于此，不必若余之手录，假诸人而后见也。其业有不精、德有不成者，非天质之卑，则心不若余之专耳，岂他人之过哉？

东阳马生君则，在太学已二年，流辈甚称其贤。余朝京师，生以乡人子谒余，撰长书以为贽，辞甚畅达。与之论辨，言和而色夷。自谓少时用心于学甚劳，是可谓善学者矣。其将归见其亲也，余故道为学之难以告之。谓余勉乡人以学者，余之志也；诋我夸际遇之盛而骄乡人者，岂知余者哉？

（本文依据人教部编版［五·四学制］九年级语文下册）

－ 欲买桂花同载酒，终不似少年游

唐多令：

花有重开日，人无再少年

寂寂秋日，一人登楼远望，目光所及之处是破败不堪的黄鹤矶头，沙洲之上尽是芦苇的枯枝败叶，一湾寒水静默无息地流过。过不了几日就是团圆的中秋节了，老朋友们你们此时正身在何处？有没有像我这样重回到此楼，有没有想起当年我们曾一起畅饮美酒，手折桂花，泛舟畅游的情景啊！

秋日寂寥，词人刘过壮志未酬，给世人留下一抹苍凉忧愁的背影。

二十年前的一日，在武昌蛇山（又名黄鹄山）上，安远楼里轻歌曼舞，词人刘过与陈孟参、柳阜之、周嘉仲、刘去非、石民瞻、孟容等人，在此举行一场聚会。

二十年后，他再次登上这座楼。

安远楼在今武昌蛇山上，又称南楼，雄伟壮丽，是无数文人墨客风雅流连之地。南宋著名词人姜夔就曾多次与友人在此处听曲，并写下《翠楼吟》。安远楼初建成时，刘过游历武昌时曾到此一游。那时，刘过正是鲜衣怒马少年时，英姿勃发，席间与好友谈笑风生，畅谈理想抱负，真是好不快意！

二十年后，当他再次路过此地，第二次踏上这座南楼时，却早已物是人非，知己零落。那时，北宋已经灭亡了，赵构在临安建立了南宋政权，金军多次南下，南宋朝廷风雨飘摇，百姓生活动荡难安。刘过曾四次参加科举而不第，经历了大半生的羁旅漂泊，立志救国的雄心壮志也早已被现实消磨得所剩无几，他再也不是那个意气风发的少年郎。

在那个动乱的年代，涌现出了许许多多壮志为国的热血男儿，像陆游、辛弃疾……但刘过既没有陆游那样如雷贯耳的名声，也没有辛弃疾那样杰出的军事才华。在南宋那么多希望拯救国家的文人当中，他只是其中平平无奇的一个，就像一群闪耀的繁星中最暗淡的那一颗。

与这些人相比，刘过当真是一个微不足道的小人物，他一生没有做出过什么值得人铭记的事情，《宋史》对他只字未提，可就是在安远楼上的这一次聚会，他吟诵出了那句著名的"欲买桂花同载酒，终不似，少年游"。

欲买桂花同载酒，终不似，少年游。这句词超越了时间和空间，在几百年后，又一次激荡在无数人心中，引发出空前深切的共鸣。那些再没机会实现的雄心壮志，在空茫的时空里如烟消散了。这种怅惘和遗憾是人们共通的生命体验，具有超越时空的力量，戳中了我们每一个人的心。

每个人都曾是意气风发的少年，都曾有成就一番事业的雄心壮志，可经历了世事沉浮之后，少年的万丈豪情渐渐被打磨得沉默少言、欲语还休，岁月终于将我们变成了另外一番模样。

古往今来，莫不如是。

有一天，在某个短视频平台上，我无意间刷到了一张熟悉的面孔，这张脸在我的记忆中是那样深刻，以至于一下子我就认出了她。那是一张合影，居中而坐的年长者是我邻居家的女主人，手里捧着一束鲜花，她和我妈妈年龄相仿，左右围绕着她的是一群十岁左右的孩子，从画面可以判断出来，今天是她的生日，身边的一群孩子是她的孙男娣女。

在一群孩子中，有一个十几岁的女孩，长得和我记忆中的发小倩倩简直就像一个模子里刻出来的。看到这张熟悉的面孔，往事便排山倒海般向我奔涌而来。

倩倩和我同岁，我们从小在一起玩耍，身高差不多，衣服款式也差不多，有时候连头绳都特意选一样的，上下学从来都是一起走，风雨无阻。从小学到初中，有很多人甚至以为我们是双胞胎。每年大年初一一大早，保准是倩倩第一个来我家找我玩，我们还一起学会了骑自行车。只是高中毕业后，我去外地读了大学，她去工厂里上了班。

即便这样，每次寒暑假回家，我都会去找她玩，我给她讲在学校里的见闻，她给我讲工厂里的新鲜事。可是我们生活的交集变得越来越少，能交换给对方的谈资也越来越不一样。我大学快毕业的时候，倩倩给我说，她要结婚了，对象是我们的一个小学同学，我对那个男生印象很深刻，他家里开着一个商铺，人也挺不错。我虽说为她开心，但也难掩一丝失落，因为我们小时候曾经偷偷约定，等我们长大了结婚也要选在同一天。明明知道很难实现，可偏偏不愿背叛那幼稚的誓言！时光飞奔而逝，我们共同的生活，就这样一点点分崩离析。

自从倩倩嫁到邻村后，大年初一再也没有人一大早就来找我玩了，每年的寒暑假也变得落寞而寂寥了。就这样，我们见面的机会越来越少，每次回家，只能通过奶奶听到她的一些近况，庆幸的是，她如今儿女双全过得很幸福，这是最令我欣慰的。

那天，我在视频里看到的正是她的女儿，我欣喜我又遇到了记忆里的她，以另一种方式。

有一天，我在异乡的傍晚，结束了一天疲惫的工作，回到家为自己煮了一碗方便面，忽然觉得生活过得竟如此敷衍，忍不住难过地想起，上中学时和倩倩一起偷偷藏在课桌里的方便面，那真是我这辈子吃过的最好吃的方便面。同样一份方便面，却再也吃不出当时的美味了。

夏天傍晚，悠长的河堤上，一瓶黑加仑，我和倩倩你一口我一口分享，我一直都觉得，黑加仑是世界上最好喝的饮料。现在，我每次在外面吃饭时，都会点一瓶黑加仑饮料，可再也找不回仲夏夜小河边，和倩倩一起吹凉风的清爽感觉了。

三十岁时，当我终于有时间，也有能力去新疆、西藏、深圳，首尔和米兰……那些我们一起在地理课本上看到的地方，曾经一起畅想过的远方，我都一一去过了，却发现都不如春日里倩倩骑自行车载我回家那个傍晚的晚霞，以及散落在旷野里的嘻嘻哈哈。

倩倩，我真的好想念你啊！

青春年少时，我们都曾拥有许多宏大的梦想和鲜活的渴望，却无法拥有它，也没有能力去实现它。长大之后，当我们有能力拥有曾经梦寐以求的东西，也有实力去一直想去的地方看一看时，却再也找不回当时意兴遄飞的激动感觉了。

这时候，你会深刻地体会到一股沉重的失落感，这不是梦想实现后的失落，而是再也找不回少年意气的空茫与遗憾，是对物是人非的无可奈何。

因为人生就是这样，很多东西一旦失去了，就再也回不去了。年少不可得之物终将困其一生，但最后，我们又终会因一物一事而解终生之惑。

所以，活在此刻吧，有想做的事情，就立刻去做；有想去的地方，就趁现在出发。

答案在路上，自由就在风里，与其徒留遗憾，不如珍惜当下。

原文欣赏

唐多令·芦叶满汀洲

宋·刘过

安远楼小集，侑觞歌板之姬黄其姓者，乞词于龙洲道人，为赋此。同柳阜之、刘去非、石民瞻、周嘉仲、陈孟参、孟容，时八月五日也。

芦叶满汀洲，寒沙带浅流。二十年重过南

楼。柳下系船犹未稳，能几日，又中秋。

黄鹤断矶头，故人曾到否？旧江山浑是新愁。欲买桂花同载酒，终不似，少年游。

寒窑赋：

尽人事，听天命

"人有冲天之志，非运不能自通。"

这句名言出自劝世名篇《寒窑赋》，作者是北宋时期的宰相吕蒙正。

吕蒙正是河南洛阳人，他父亲吕龟图内眷众多，父母感情不和睦，吕蒙正幼年时就和母亲一起被父亲赶出了家门。吕蒙正母子的生活一度非常穷困，他们不仅没钱穿衣吃饭，甚至晚上连个落脚睡觉的地方都没有。面对如此困境，母亲刘氏性格极为刚强，发誓不会再嫁人，与吕蒙正相依为命，艰难度日。吕蒙正也受到母亲的影响，不论境遇多么艰难，始终意志坚定，努力奋斗。

母子二人居无定所，只得栖身在一座破窑洞里，白天吕蒙正在附近的寺庙里读书，顺便蹭寺庙里的斋饭。时间一长，寺庙的斋饭也混不下去了，无奈之下吕蒙正只得沦落街头，向人乞讨。即便是在这样恶劣的生存环境下，吕蒙正也从未间断过读书，他发奋图强，期待有一日能够跃过"龙门"，成就一番大事业。

太平兴国二年（977年），吕蒙正终于一举夺魁，高中状元，从此正式踏上了仕途。吕蒙正曾担任太子太师，先后被封为莱国公、徐国公，还曾几度拜相，位极人臣。

据传，宋真宗赵恒尚是太子之时，吕蒙正对其有授业之恩。当时的赵恒年少轻狂，目中无人，没有人敢当面指正他的过失，于是吕蒙正便写下这篇《寒窑赋》来劝诫赵恒，文章列举了从帝王将相到无名小卒等许多人生实例，阐述了人生无常、福祸难料的道理。

有的人前半生穷困潦倒而后半生富裕发达，也有人年少时便才华横溢，却直到垂垂老矣也未能考取功名；顽固愚昧的瞽叟，却生出了舜这样的大孝之子；至贤至孝的舜，却有个不孝的儿子；出身低微的刘邦，最终建立了大汉政权；而实力超群的西楚霸王，却落得兵败乌江的惨淡下场。吕蒙正如同那渭水河畔垂钓的姜尚，也似草庐隐居的孔明，虽然历经波折，最终成功地考取功名并得到了朝廷的重用。而战功赫赫的"飞将军"李广，却终生不得封侯。有济国安邦之才的冯唐，一生未得重用，等他八十多岁时才被汉武帝发现时，因年事已高无力处理政事，终究是怀才不遇一生蹉跎。

风雨难测，世事无常。影响一个人人生走向的因素实在太多，面对不可预料的沉浮与变化，怀抱梦想，坚定前行，命运终将带给我们应得的一切。

吕蒙正从一个讨饭的穷人一跃成为一代名臣，这样的人生落差，使他比常人更能体会到命运的不可预测。他在文中讲到的名人典故与人生哲理，看似是在告诫赵恒，又何尝不是在现身说法劝勉世人呢？

读高二那年，小元转学到我所在的班级。她头发浓密，一双细长的丹凤眼，目光炯炯有神，却不怎么爱说话。

高中生活紧张而枯燥，我一直是班里的活跃分子，时常在课间"发癫"，搞笑段子张口就来，有时候还喜欢表演"模仿秀"——模仿各学科老师上课时的样子，常常引得同学们哈哈大笑。因此，无论在课间还是放学时，我身边总聚集着一群同学。我发现，小元看向我们时，脸上总带着笑意，眼神中既有好奇，同时也有一丝不易察觉的羞涩。

我敏锐地察觉到了小元的"社恐"属性，于是主动邀请她加入我们。没想到，我俩十分投契，很快就成了无话不谈的好朋友。

小元成绩不好，还经常去网吧，绝对算不上一个"好学生"。但是她去网吧不是为了玩游戏，而是研究如何搭建一个网站，她告诉我，以后她想开一个淘宝网店，挣很多钱。

那时候，智能手机刚刚兴起，网络购物还远没有普及，大部分人甚至都没接触过网络购物，对淘宝店更是一无所知。所以，我根本没把小元的话放在心上，认为她只不过是一时心血来潮，甚至觉得她的志向沾染了些许铜臭味。

小元的家境不好，父母常年卧病在床，学费和生活费是从姐姐和姐夫那里借来的，因此她迫切想早点赚钱还账，也希望能早一点改善家庭的生活条件。我虽然能理解她为何急着挣钱，但仍然认为通过开淘宝店赚钱是件虚无缥缈的事。

高考完填报志愿时，小元选了电子商务专业。大学期间，小元就开始通过打零工赚取生活费了，那时我还在伸手向家里要钱。我承认，作为学生，小元的确很励志。但当毕业参加工作后，得知小元还在鼓捣淘宝店时，我还是忍不住劝她该好好地去找个班上。

在同学们的印象中，小元内向清冷、不善言辞，也不懂得变通，所以没人相信她能靠自己经营店铺赚钱，毕竟大家都不甚了解的淘宝店。

那时候网购的流程十分烦琐，有些商家甚至需要顾客去邮局汇款后才能发货，还有些卖家要么是同城自己上门送货，要么是约好在某一个地方碰面，双方一手交钱一手交货，犹如潜伏者接头一般。总之，网购没有给人们的生活带来便利，更多的是让人觉得一时新鲜罢了。

毫无疑问，小元的淘宝店铺也没什么起色，几乎毫无收益。她的生活也曾几度陷入窘困，只能举债度日。那段时期，她住在破旧的合租房里，吃着临期食物，生活十分窘迫。我曾多次劝她放弃那个淘宝店，找一份可以养家糊口的正经工作，可她总是倔强地摇头。

起初，我觉得她对金钱的追求太过执着，可毕业几年后，我和其他同学都成了最忙碌的打工人，我也不再觉得任何有关赚钱的想法有铜臭味了。为了生活忙碌，我已经记不起多久没有抬头看过星空了。

也是那时候，我才懂得了：因为家境不好，所以小元渴望改变命运的愿望才会如此强烈。于她而言，淘宝店不仅是一个店铺，还是她的理想，是她改变命运的机会。

穷则思变，困顿已久的小元，开始寻求其他出路，她不再一味坚守那个店铺，竟然找了一份工作安安稳稳地上了一年班。一年之后，有了一定积蓄，她又有了新的想法。她从景德镇批发了一些陶瓷小玩意儿，拿到夜市上售卖。虽然算不上体面，但每天能挣一些零花钱。

又过了几年，随着线上支付越来越方便快捷，物流快递逐渐实现了全国配送，网购平台发生了翻天覆地的变化，此时淘宝网店也如雨后春笋一样不断涌现。小元重新回到电商平台，将这几年摆摊的积蓄全部投了进去，又一次开始一个人创业。

当时网络上流行一句话："站在风口上，猪都能飞。"何况小元对这一行已经摸索了好几年，她把店铺经营得有声有色，慢慢沉淀下不少老客户，也攒下了越来越多"粉丝"，那时她已经在那个品类里小有名气了。没过几年，她的店铺就引起了杭州一家大型旗舰网店的注意，他们提出想要收购她的店铺作为公司同品类产品的一个子店铺。

小元深知"背靠大树好乘凉"的道理，于是答应了下来。从此，小元成为这家企业该品类的最高负责人，年薪也翻了几倍。此后不到三年时间，她就在杭州安家立业了，当真是羡煞旁人啊。

转眼毕业已经十年，十年同学聚会时，人人心中都感慨万千。我们几个人中，小元的起点最低，经历也最坎坷，如今她却成了我们当中事业最成功的那一个。

人有凌云之志，非有时运不能腾达，可如果不能坚持，也不会得到时运的眷顾。面对磨难带来的苦楚与成功带来的喜悦，不是谁都能泰然处之的。

很多人没有机会"富贵不可尽用"，因为在他们贫贱时自弃了。这种巨大的落差，从前看《寒窑赋》时还无法体会，可当同龄人的成绩摆在面前，心里不禁泛起阵阵苦涩。

无运与有运、得时与失时，这种天地时空的自然变化循环往复，人力难以预测，而人在其中所产生的变化也是天差地别，得到的结果往往也出人意料。非经历过大苦大难的人，不能深刻地体会天道无常，没有经历过大起大伏的人，不能体会这世间的人情冷暖。

人生在世，富贵穷通，生老病死，皆不可预料。唯有尽人事、听天命，顺其自然，方可保一颗平常心，安稳度日。

让我们且停且忘且随风，且行且看且从容。

原文欣赏

寒窑赋

宋·吕蒙正

天有不测风云，人有旦夕祸福。蜈蚣百足，行不及蛇；雄鸡两翼，飞不过鸦。马有千里之程，无骑不能自往；人有冲天之志，非运不能自通。

盖闻：人生在世，富贵不能淫，贫贱不能移。文章盖世，孔子厄于陈邦；武略超群，太公钓于渭水。颜渊命短，殊非凶恶之徒；盗跖年长，岂是善良之辈。尧帝明圣，却生不肖之儿；瞽叟愚顽，反生大孝之子。张良原是布衣，萧何称谓县吏。晏子身无五尺，封作齐国宰相；孔明卧居草庐，能作蜀汉军师。楚霸虽雄，败于乌江自刎；汉王虽弱，竟有万里江山。李广有射虎之威，到老无封；冯唐有乘龙之才，一生不遇。韩信未遇之时，无一日三餐；及至遇行，腰悬三尺玉印；一旦时衰，死于阴人之手。

有先贫而后富，有老壮而少衰。满腹文章，白发竟然不中；才疏学浅，少年及第登科。深院宫娥，运退反为妓妾；风流妓女，时来配作夫人。

青春美女，却招愚蠢之夫；俊秀郎君，反配粗丑之妇。蛟龙未遇，潜水于鱼鳖之间；君子失时，拱手于小人之下。衣服虽破，常存仪礼之容；面带忧愁，每抱怀安之量。时遭不遇，只宜安贫守份；心若不欺，必然扬眉吐气。初贫君子，天然骨骼生成；乍富小人，不脱贫寒肌体。

天不得时，日月无光；地不得时，草木不

生；水不得时，风浪不平；人不得时，利运不通。注福注禄，命里已安排定，富贵谁不欲？人若不依根基八字，岂能为卿为相？

吾昔寓居洛阳，朝求僧餐，暮宿破窑，思衣不可遮其体，思食不可济其饥，上人憎，下人厌。人道我贱，非我不弃也。今居朝堂，官至极品，位置三公，身虽鞠躬于一人之下，而列职于千万人之上，有挞百僚之杖，有斩鄙吝之剑，思衣而有罗锦千箱，思食而有珍馐百味，出则壮士执鞭，入则佳人捧觞，上人宠，下人拥。人道我贵，非我之能也，此乃时也、运也、命也。

嗟呼！人生在世，富贵不可尽用，贫贱不可自欺，听由天地循环，周而复始焉。

劝学诗:

年少正是读书时

　　窗前一灯如豆，一个少年郎手执书卷，端坐在书桌前，此时已经三更天了，他还在挑灯夜读。这一夜，睡了不过两个时辰，当五更天公鸡开始打鸣时，少年又起床开始晨读了。

　　这里有必要解释一下，时辰是我国古代的计时单位，一个时辰约等于现在的两个小时。古时候的"三更天"换算成现在的时间，相当于晚上十一点到次日凌晨一点，古时候的"五更天"则相当于凌晨三点到五点。古人始终坚守着"日出而作，日入而息"的习惯，不像现在夜生活这么丰富，天黑之后几乎没有任何娱乐项目，所以古人睡觉的时间也比现在要早得多。因此，读书到深夜，还能那么早起床，不得不说是极其刻苦了！

　　这是颜真卿《劝学诗》里描写的内容，记录的也是他少年时刻苦读书的场景。

颜真卿是唐朝著名书法家，三岁时父亲去世，之后家道中落，由母亲独自将其抚养成人，因此母亲对他管教非常严格。颜真卿自小胸有大志，勤学苦读，自律勤勉，二十五岁时便中了甲科进士，从此顺利地踏入仕途，一生历任四朝，成为有唐一代的名臣。

这首《劝学诗》，正是他为勉励后人而写的。

不知道你是否留意到，从古至今中国古人留给后世的劝学诗非常之多。诸如：

劝学诗
宋·朱熹

少年易老学难成，一寸光阴不可轻。

未觉池塘春草梦，阶前梧叶已秋声。

劝学诗
宋·赵恒

富家不用买良田，书中自有千钟粟。

安居不用架高堂，书中自有黄金屋。

出门莫恨无人随，书中车马多如簇。

娶妻莫恨无良媒，书中自有颜如玉。

男儿欲遂平生志，五经勤向窗前读。

昨日歌

明·文嘉

昨日兮昨日，昨日何其好！

昨日过去了，今日徒烦恼。

世人但知悔昨日，不觉今日又过了。

水去日日流，花落日日少。

成事立业在今日，莫待明朝悔今朝。

今日歌

明·文嘉

今日复今日，今日何其少！

今日又不为，此事何时了？

人生百年几今日，今日不为真可惜！

若言姑待明朝至，明朝又有明朝事。

为君聊赋今日诗，努力请从今日始。

明日歌

明·钱福

明日复明日，明日何其多。

我生待明日，万事成蹉跎。

世人若被明日累，春去秋来老将至。

朝看东流水，暮看日西坠。

百年明日能几何？请君听我明日歌。

在回首一生的时候，中国古人选择将自己一生刻骨铭心的经历与感悟化成一句句至理箴言，留给后世人，希望他们能够以此为鉴，惜时如金，勤勉上进。

对于古人这些肺腑良言，读书时我们往往不以为意，当真正经历了生活的磨炼后，才能悟出其中沉甸甸的分量。

去年春节回家时，见到了我年少时的一位朋友超子。

昔日那个像孙悟空一样活蹦乱跳的少年，已经成为飞驰在城市街头的一名外卖员。他脸上那熟悉的笑容，我依稀还能分辨得出，只是这笑里夹杂了些许苦涩与无奈的味道。他依稀是我记忆中那个飞扬的少年，但仿佛又不是了。

不知道为什么，那一刻，我脑海中突然闪过一个印象深刻的画面。

一天中午，我在一家餐馆就餐，中午正是餐馆最繁忙的时候，出餐口除了有堂食的客人外，还站了好几位外卖员，他们一个个神色匆忙，一边焦急地望向厨房，一边时不时紧张地盯着手机看，有的外卖员手中还拎着好几份已经取到的餐食。

"你出餐了吗，你就点出餐？我问你出餐了吗，你没出餐就点出餐，这不是坑我吗？"

突然，几声怒吼打破了喧嚣，所有人的目光都被吸引了过去。只见一个外卖员正怒不可遏地和餐馆的工作人员争吵，工作人员一言不发低声啜泣着。从外卖员的怒吼中，可以判断出可能是商家没有出餐却提前点击了出餐键，这样就压缩了外卖员送餐的时间，所以造成外卖员如此生气。

商家工作人员或许是有意为之，也或许是忙中出错，这就无从判断了。

看着外卖员那么着急，我真害怕他们突然动手打起来。

每个人都在忍耐，每个人都在奔波，这就是真实的生活。

超子告诉我，二十三岁那年，他成了一名"城市飞人"。有一天，他在为一栋大厦擦玻璃时，透过玻璃竟然看到了我们的中学同学王伟，那时王伟正坐在一间宽敞明亮的办公室里，面前是一台电脑，手里端着一杯咖啡，似乎正在思索着什么。曾听说过王伟考上了一所985大学，毕业后在一家外企上班，之后结婚生子，并顺利地留在了大城市，他是十里八乡出了名的"别人家的孩子"。

对超子而言，这些传闻都没有亲眼看到这一切来得更有冲击力。

高中时，王伟与超子是同桌，王伟从小学习成绩就好，当然了，超子的成绩也不差，只是超子更调皮捣蛋，不愿意被老师管束。十七八岁时，同村的年轻人从外面打工回来，饶有兴致地分享着他们在大城市的见闻，超子一颗心也被勾走了，高考结束后，因为成绩不理想，他就南下打工去了。几年间，他先后去了广州、深圳，进厂拧过螺丝，在工地搬过砖，送过快递，也送过外卖，后来做了一名高空外墙玻璃清洗员。有一天，他站在工地的施工现场，脚下是一片废墟，隔壁就是一所学校，琅琅读书声不时传过来，望过去好像看到了自己曾经的读书时光。说到这里，他停顿了一下："有时候我也会忍不住想，如果在学校里好好读书，我的人生会是怎样的？"接着他以难以察觉的速度抬头看了一眼，旋即低下头苦涩地笑了，"还是你们读书好啊。"

"我和你半斤八两，每天坐在电脑面前搬砖，不比你强多少啊。"

当年的我们吃不了学习的苦，在这么多年的打工生涯中，却无可奈何地一口一口地吃着生活的苦。

年少的时候，我们似乎都不相信那些老掉牙的老人言，少不更事时，觉得读书是世上第一等苦差事。谁知多年以后，当夜深人静，偶尔一觉醒来的时候，多么希望自己能回到过去，在初一某节课上睡着了，老师的粉笔砸过来把我叫醒，我告诉同桌，刚才做了一个很长很长的梦，同桌骂我白痴，让我好好听课。我看着窗外的操场，阳光在树叶上跃动，一切都那么美好，一切都还充满希望。

上学的时候，那些枯燥的课文，写不完的作业，老师们的苦心教诲，都让我们难以忍受。一心只盼着能快点下课，快点放学，恨不得飞一般地逃离学校。全然不知那些看似枯燥无味的日子，铺就的是一个人的希望和未来。后来，我们终于如愿逃离了那个地方，在社会中摸爬滚打，屡屡碰壁之后才知道谋生之路多么艰辛，读书的时光是多么美好。

奈何此时再想回到学校多读点书，多学点知识，早已回不去了，只能继续把这苦日子日复一日地过下去。这一刻，我们才终于明白：读书虽苦，却是我们一生中最好走的路。

初读不知书中意，再读已是书中人。

原文欣赏

劝学诗

唐·颜真卿

三更灯火五更鸡，正是男儿读书时。

黑发不知勤学早，白首方悔读书迟。

记承天寺夜游：

浪漫难觅，知己难求

元丰二年（1079年），苏轼因"乌台诗案"被贬黄州，时任黄州团练副使，贬谪诏书上这样写道"本州安置，不得签书公事"，说白了这不过是一个有名无权的闲职。

这是苏轼仕途生涯中的一段低谷，也正是在此时此地，他遇到了一位至交好友——张怀民。

元丰六年（1083年）的一个夜晚，月华如水，月光透过门窗倾洒进房间，苏轼本来打算睡觉了，忽觉夜色迷人，不可辜负，顿然生起赏月的雅兴。如此良辰美景，岂可独自欣赏，与乐者唯有张怀民，他一下就想起张怀民来。说起张怀民，可谓与苏轼同病相怜，二人都因为变法之争被贬谪到黄州。初到黄州时，张怀民寓居在黄州的承天寺中，二人因相似的经历颇有惺惺相惜之感，自然而然就成了好朋友。史书上对张怀民的记录极少，只在写到苏轼的时候这样一笔带过。

可人生的际遇就是这么奇妙，原本毫不相干的两个人，却因为相同的遭遇在同一个地方遇见，并因此结下了一段无可替代的深厚感情。

那一夜，寂静的承天寺中，灯花忽而落下，张怀民挑眉一看，已是暗夜笼盖，日间僧人扫洒、修行的声音早已随着夜色而归于沉寂。偶有飞鸟哀鸣，掠起树影摇动。怀民微微叹息，在孤灯烛光下思索着，如今朝中的变法真的可行吗？隔壁的子瞻（苏轼的字）是否也还未眠呢？今后的大宋又会何去何从啊？他略略摇头，吹熄灯火，解衣欲睡。

这时，忽然听到好似有人叩门，走出去一看，竟然是子瞻，看月色甚好，所以特来相邀庭中赏月。只见，月华如水，修竹松柏枝叶横斜，映在地上恰如月光水池中的水草与水藻，纵横交错。清幽难觅，此刻唯有二人共享之，真是美哉！

"何夜无月？何处无竹柏？但少闲人如吾两人者耳。"

此情此景，苏轼不禁感叹："哪天夜里没有月色，何处又没有松柏青竹呢？只不过缺少了两个像我们这样的闲人罢了。"

相同的人生际遇，相同的流放之地，相同的政见，共同的月色，共同的心情，此时此地此月，多么难得！可贵的不是那晚的月光，而是月光下推心置腹的我们。

人生路长，浪漫难觅，知己难求。这些难得的时刻都应该被珍惜。

人生漫漫旅途中，酸甜苦辣都尝遍，如果能够有一个理解你、共情你，甚至在你需要时能随时陪伴你的人，该有多难得！

年少时，怀民常有，而月色不常有。

中年时，月色常有，而怀民不常有。

很多年前，我认识了人生中一个至交好友阿虫，我们曾一起欣赏过不少美景，她也见证了我人生的许多重要时刻。

初到北京时，听说圆明园有一大池子荷花，每年七八月份正开得繁盛，我一直很想去看一看。有一天，我约了阿虫周六一起去圆明园赏荷，不料那天天公不作美，竟然下起蒙蒙细雨。我正忧虑阿虫会不会以下雨为由而推辞爽约，没想到她却兴致勃勃地对我说，当然去啊，没准下雨天更别有一番风致呢！

真是说到我心坎上了！于是，我们俩各撑了一把伞就出门了。

到了圆明园，果真游人非常少，大片荷塘在空蒙的雨色下更显清幽！露出水面的荷叶袅娜婷婷，与水中的倒影相映成趣，露珠在荷叶和花瓣上滑翔。微风细雨中，只此一枝紫荷悄然开放，与世无争。被风吹动而四处翻飞的粉色荷花，花瓣低垂，像一个个心怀惆怅的多情少女；有兀自热热烈烈盛放着的；有荷花开败，花瓣掉落之后，花蕊垂落如流苏的；还有昂然挺立等待盛放的花骨朵……我仿佛看到了荷花生命的整个轮回。这满池的荷花不理尘世纷扰，静谧安然地开放着，忽地生出一种它们仿佛在等待有缘人的奇妙感觉来。这雨天里独有的静谧给了我们不一样的体验，也让我们的心灵产生了某种共振。

回程路上，雨势渐收，但风极大。兴之所至，我们干脆收起雨伞，一拍即合决定在细雨狂风中飞奔。我们张开双手，昂首向天，任由细雨飘洒在脸上、身上，风声呼啸轰鸣着穿过，跑着跑着，我俩都忍不住大笑了起来。

阿虫突然停下来弯着腰以手扶膝，笑个不停，说："这难道不应该是和男朋友一起经历的浪漫吗？"

我一听顿时打趣道："完了，我要和男朋友一起经历的事，都先跟你经历过了。"

随后，我俩在大风中笑作一团。

几年后，我真的谈了一场轰轰烈烈的恋爱，只是没想到男朋友执意要离开北京回深圳。那时，我已经在北京打拼多年，所有朋友、人脉和工作积累都在这里，但他一句想回去，我还是放下一切跟随他而去了。出发当天，我打电话给阿虫，告诉了她我的决定，阿虫立刻赶了过来。我自知没有人会支持我的决定，连自己也不确定这决定是否正确，但不去做又会不甘心。阿虫太了解我了，她对我说："勇敢地去吧，很多事情不亲自去经历一番，不亲自弄清楚是怎么回事是不会甘心的，别人说什么都没用。"

是的，她再一次说出了我的心声。在这世界上，懂我莫如她。

那天晚上，北京大雪纷飞，阿虫陪我去首都机场。坐在出租车里，看着车窗外商铺的招牌如流光闪过，给人一种恍若隔世的不真实感。阿虫像看透了什么似的，对我说道："人最终还是要先学会爱自己，然后才能好好爱别人。"我没有说话，只是频频点头。

到达首都机场，我从后备厢取出行李，阿虫目送着我拖着硕大的行李箱奔赴茫茫前程。"在那边有什么需要帮忙的，记得联系我，我一直都在。"

走向候机大厅时，我忽然想起许多年前的一个夜晚，那时我读了一本叫作《莲花》的书，对墨脱无限神往，一心想要去西藏看看那隐秘的莲花圣地，四下寻找同伴无果，最终决定一个人踏上旅程。那是我人生中第一次独自远行，出发是在一个傍晚，也是阿虫送我去北京西站。

记得那是一辆双层公交车，我们在二楼找到一个靠窗的位置坐下，路上阿虫对我说："你在西藏一定会度过一段十分难忘的时光，只可惜我不能陪你一起去。"阿虫是一个非常恋家，不喜欢出远门的人，这么多年来，我去了很多地方旅行，阿虫一次也没有离开过北京。那是我第一次入藏，那段经历确实成为我生命中难得的吉光片羽。站在北京西站的检票口，阿虫也这样站在我身后，浅笑着向我挥手。

"放心地去玩吧。我会帮你照顾好你那两盆花的。"

正如此刻。

坐在候机大厅里，往事一幕幕涌上心头，我忍不住感慨万千，于是在朋友圈发了这么一段话：

> 十年前，我第一次去西藏寻找梦想，是你送我出发；
>
> 十年后，我再一次去深圳奔赴爱情，也是你送我出发。
>
> 人生得一知己，足矣！

人往往在经历世事之后，才能懂得：人生梦想易追，感情难求。

人可以在陌生之地重建生活的秩序，但漏洞百出的感情不会因为一个人的努力而得以被成全。在感情中，当一方变心，另一方的挽留不过是徒劳无益，垂死挣扎不如潇洒放手，只是身处其中的人，一定要经历一场痛苦的蜕变，才肯罢休。

在一段腐朽的感情里垂死挣扎，痛彻心扉也无可奈何，几番折腾之后，最终，我孤身一个人回了北京。在回程的飞机上，舷窗外碧空万里，大团白云飘浮飞动，脑海中又浮起阿虫送别我时说的那句话。

"人最终要先学会爱自己，然后才能爱别人。"

许多年之后，我终于学会爱自己，也尝试着如何去爱人。

又过了好几年，我终于得遇良人决定结婚。

阿虫得知后，比谁都开心，新娘房被她这个伴娘装扮得分外美好。

原文欣赏

记承天寺夜游
宋·苏轼

元丰六年十月十二日夜，解衣欲睡，月色入户，欣然起行。念无与为乐者，遂至承天寺寻张怀民。怀民亦未寝，相与步于中庭。庭下如积水空明，水中藻、荇交横，盖竹柏影也。何夜无月？何处无竹柏？但少闲人如吾两人者耳。

（本文依据人教部编版［五・四学制］
八年级语文上册）

辑四

你怎么哭了，
这不是梦寐以
求的长大吗

人终会为年少不可得之物困其
一生，却也终会因一时一景、
一事一物，解开终生之困惑。

滕王阁序：

人生是数不尽的漂泊

　　有人说，如果王勃得以长寿，那么大唐文坛就没有李白什么事了。可见，世人对王勃才华的推崇。

　　王勃的确是文学史上少有的天才，他六岁便能作出构思巧妙的诗文；十六岁时参加科举高中进士，被任命为朝散郎，他尚未成年便受朝廷任命，因此成为开唐以来最年轻的朝廷命官。

　　麟德二年（665年），乾元殿落成时，时年仅十六岁的王勃当即作了一篇《乾元殿颂》，唐高宗看完后惊叹不已，连连赞叹道："奇才，奇才，我大唐奇才。"皇帝金口一开，王勃便被委任到沛王府担任修撰。沛王是什么人呢？沛王李贤是唐高宗李治和武则天所生的儿子，从小备受宠爱，后来还被册立为太子。唐高宗把王勃选为沛王的伴读，足可见他对王勃的欣赏。

人生如果太过顺遂，往往容易得意忘形，王勃便是如此。

那个时候，贵族公子们喜欢斗鸡取乐。一次，沛王李贤与英王李显斗鸡，为给沛王助兴，王勃心血来潮写下一篇《檄英王鸡文》。没想到这件事被有心人添油加醋捅到了唐高宗那里，导致王勃被贬到千里之外的蜀地，大好前途毁于一旦。

年少的王勃身处异乡，孤苦无依，无时无刻不想着重回长安。可还没等到重回长安的调令，他又因为私藏罪犯和杀人等罪行被定为死罪。后来恰逢朝廷大赦天下，死罪得以幸免，他的父亲却因此获罪，被贬到了交趾，也就是现在的越南河内。

王勃以儒家礼法为立身之本，牵连到父亲使他十分愧疚。出狱之后，虽然得以官复原职，但经此一事，他深感政治风波诡谲难测，已不再醉心仕途，一心只想出海去探望远在交趾的父亲。

王勃从河南洛阳出发，一路沿运河南下，路过洪都（今南昌）时，恰逢滕王阁修葺落成，都督阎伯屿在滕王阁内大宴宾客，以作庆祝。在古代，当亭台楼阁修建或修葺工程结束之后，有题词作序的传统，以此来赞扬修建者的功德。因此，此次滕王阁宴饮自然也少不得要请人作序。据说阎伯屿早就提前让人写好了一篇佳作，准备当天让自己的女婿在众人面前博个彩头。

宴会之上，酒过三巡，阎伯屿盛情邀请在座的各位宾客挥毫泼墨。众人皆知他为女婿的费心安排，所以连连推辞，只有王勃不明内情，当仁不让，顷刻之间写下这篇旷世名篇。这篇《滕王阁序》不仅赞颂了阎伯屿对滕王阁的修缮之功，更蕴含了王勃对人生、宇宙的无限喟叹与思考，骈文写作技艺上臻于化境，思想内容更是绝佳。此文一出满座皆惊。

王勃，这个迷茫失意之人，曾经满怀抱负，却因放荡不羁，二十来岁便遭受贬谪放逐，后又身陷囹圄，甚至与死亡擦肩而过。面对宇宙无穷而人生有限，王勃不禁感慨时光流逝而一事无成，自己无力改变命运，只能流落他乡。

关山重重难以跨越，有谁会同情我这个不得志的人？如今有幸聚会，也不过是茫茫人海中的一次偶然相逢，满座之人都是他乡的客人。这一刻王勃的孤寂失意之情达到了顶点，这种遭遇和感慨引发了宾客的共鸣，也引起了历代文人雅士的共鸣，如今仍能引起我们的共鸣。可见，古往今来，面对现实生活和理想抱负之间的落差，面对起伏不定的人生际遇，人们心中的喟叹感慨都是一样的。

从未有哪一刻，像此刻让我深切地感受到，人类的底层情感竟是如此的共通！

表哥读高中时，舅舅因生意失败经常和舅妈争吵，家里每天鸡飞狗跳，对表哥自然疏于管教。那段时间，正是高考冲刺的关键时期，受家庭不良氛围的影响，表哥经常不愿回家，不是在外面上网打游戏，就是踢球疯跑，因此成绩也一落千丈。记得三年前，他以全市排名前二十的成绩考进了市一中的实验班，那时他是令许多人羡慕的好学生，可是随着成绩不断下滑，他被调到了普通班，渐渐成为老师和家长眼中的"问题学生"。

就这样，从小被夸好苗子的表哥，高考只考了四百多分，最后勉强读了一所专科院校。人人都替他惋惜，但他自己却不以为意。

经过几年的折腾，舅舅的生意赔了个底朝天，合伙人不知去向，舅舅因此大受打击，表哥也大学毕业了。

表哥跟我说，他曾在书上和网上看过很多小角色白手起家，成为知名企业家的故事，他认为读不读书和挣不挣钱没有必然的联系。看着表哥信誓旦旦的样子，总觉得他能做出些成绩来。可没想到的是，当他走上社会时，等待他的第一堂课就是认清现实的残酷。

找工作时，大多数公司的要求都是"本科及以上学历"，有的甚至只招985、211等重点大学的毕业生，本科生的竞争尚且如此激烈，可想而知专科生的生存空间得多有限。表哥第一次感受到了现实的压力，最后他去了一家不知名的小公司，不仅薪资待遇不理想，也看不到任何上升空间，结果半年后表哥就辞职另谋出路了。

那时候，舅舅和舅妈已经离婚，舅舅外出谋生以期东山再起，舅妈在家陪着表妹读书。家里债台高筑，正是需要花钱的时候。表哥虽然没挣到钱，但作为家里的长子他认为自己理所应当地扛起养家的责任，起码要供养妹妹继续读书。

一个偶然的契机出现了，一天表哥在一个小区楼下，看见几个搬运工正在卸装修材料。他走过去跟他们搭话闲聊，顺手递给每人一支烟，他从一个剃着光头、人高马大的大叔那里打听到，这一趟下来运输费有一千多元。那几年，正是房地产的爆发期，随着买房的人越来越多，装修的用户和开店的人也越来越多。听完大叔的话，表哥看到了机会。

他没有再去找工作，当即从二手市场买来一辆三轮摩托车，决定加入搬运大军。给人搬货的同时，他还兼职搬家，拉一趟货的费用有好几百元，搬一趟家也有两三百，根本不愁没有生意做。事实证明，表哥的判断是正确的，这一行果然有机会，只是非常辛苦，赚的是个辛苦钱。随着业务量激增，表哥还找来两个同乡帮忙，暂且称他们为小 A 和小 B 吧。他们两个人都是高中辍学就出来工作，年轻力壮，但不善言辞。

自从这两个人加入以后，表哥比以前开心了不少，他从这两个少年身上，看到了曾经的自己。表哥把他们当成自己的兄弟，他们两个也把表哥当作兄长。

　　如果家是可以停靠的温暖港湾，谁又愿意孤身漂泊，一人奋斗呢？

　　表哥曾有一个完整的家，可也永远地失去了。长久以来，表哥都是一个人在孤寂中默默努力，他内心深处始终渴望着家的温馨，没想到这两个小兄弟让他体会到亲情的温馨。

　　某一天工作时，表哥想一趟多搬点货物，结果上台阶时没站稳，一不小心从楼梯上摔下来，导致左腿骨折了，肋骨也被压断了一根。

　　伤筋动骨一百天，住院花钱自不必说，更难办的是穿衣洗漱吃饭都成了问题。在陌生的城市里举目无亲，但倔强的表哥说什么也不肯告诉舅妈，那时候又临近年关，小A和小B照顾了他几天之后，也要赶回家过年。

　　一个人在异乡过年已经够惨了，更惨的还是在医院里。腊月二十四那天，表哥觉得恢复得差不多了，执意要出院，于是他一个人拄着拐杖下楼，叫了一辆车回了出租屋。

　　看着冰冷的锅灶，听着邻居家传来的欢声笑语，他不禁有些自怨自艾。回想二十多年的人生路，可谓一塌糊涂。本可以考个理想的大学，找一份体面的工作，因为自己不好好学习，竟然沦落到今天这样的地步。

正在悲伤之时，一阵敲门声传来。过去开门一看，居然是小A和小B。

"你们怎么还没回家过年？"表哥惊奇地问道。

"春运太挤了，没买到票，只能到哥你这里来了。"小A故作轻松地说。

"先不说这个，哥，我们带你去个好玩的地方。"小B故作神秘地说道。

不知道他们从哪里弄来一辆轮椅，把表哥扶了上去，三个人在空旷的马路上一路有说有笑。那天下着一点小雪，雪落到地上就化成了水，可他们几个依旧很开心，伸出手掌去接那些细盐般的雪花，笑容一如少年。

两个人一直把表哥推进一个饭店的宴会厅，里面乌泱泱坐着一群人。中央高台之上挂着一块横幅，上面写着：××市老乡年会。

表哥一脸疑惑，小A连忙解释道："哥，这是我在家族群里看到的老乡会，这里全是咱们那儿没有回家过年的老乡，你上次说三年没回家了，每年过年都是一个人，所以今天我们就带你一起来热闹热闹，一起过个年。"

台上的主持人说着家乡的风俗，坐在台下的他们吃着久违的家乡菜，听着周围熟悉的乡音。那一刻，表哥感受到了浓浓的年味，也感觉到了久违的家的温暖。

"我说你俩不是没买到车票吧，肯定是担心我一个人，所以才留在这里陪我一起过年的吧？"

"快吃饭吧，别自作多情了。"小A一脸狡黠。

小B说："反正每年都要跟家里人过年，回去了说不定还要听亲戚们的唠叨，还不如跟哥一起过。"

此时，听舞台上的主持人说道："回首过去，我们风雨兼程；展望未来，我们满怀希望。新年的钟声敲响，告别往昔的辉煌与挑战，愿你在新的一年里，怀揣梦想，勇往直前，成就更加灿烂的自己，开创属于自己的辉煌篇章。"

一束烟花腾空绽放出无数星火，随后越来越多烟花绽放，星空都被点亮了。此刻，表哥不再是那个被命运抛弃的失意之人，不再是出租屋里自怨自艾的无用之人，他觉得纵然世事艰难，人也不应该自暴自弃。那一刻他仿佛穿越了重重时光，重新找回了少年时失落了的梦想，那个壮志凌云的飞扬少年，那个他人眼中的自信优秀的孩子又回来了。

人的心态一转变，好运也会随之而至。

自那次摔倒之后，表哥开始爱惜自己的身体，一直琢磨着换个营生。一次机缘巧合之下，他接触到了家政服务行业，这个业务在大城市里需求量激增，市场前景很不错，且他这几年搬运业务积攒下来的人脉资源，都是一些能吃苦耐劳的、四五十岁的群体，于是他带着这些资源和想法，与一家线上家政服务公司谈合作，双方互通有无，合作很快达成。

自此以后，表哥再也不用靠出卖体力赚钱了，短短两年时间，因为表现突出，他已经做到公司中层管理者，事业越做越好了。后来，拥有了全产业链的经营能力，也有了一定的资金和人脉积累，他带着一拨人创业了，十年之后，他真的成了白手起家的企业家。

经历过短暂的失意，穿越过生活的苦海，表哥终于实现了当初的梦想，过上了想要的生活。

记得有一年春节，跟表哥聊天，第一次听到表哥讲那些年的经历时，我心中五味杂陈，脑海中不由得浮现出王勃那句"关山难越，谁悲失路之人？萍水相逢，尽是他乡之客"，还有那句"老当益壮，宁移白首之心？穷且益坚，不坠青云之志"来。

生活不会尽如人意，但每个人都可以是穿越生活风暴的英雄，只要心中的梦想不死，只要我们的信念永在，人生便永远有希望。

原文欣赏

滕王阁序

唐·王勃

豫章故郡，洪都新府。星分翼轸，地接衡庐。襟三江而带五湖，控蛮荆而引瓯越。物华天宝，龙光射牛斗之墟；人杰地灵，徐孺下陈蕃之榻。雄州雾列，俊采星驰。台隍枕夷夏之交，宾主尽东南之美。都督阎公之雅望，棨戟遥临；宇文新州之懿范，襜帷暂驻。十旬休假，胜友如云；千里逢迎，高朋满座。腾蛟起凤，孟学士之词宗；紫电清霜，王将军之武库。家君作宰，路出名区；童子何知，躬逢胜饯。

时维九月，序属三秋。潦水尽而寒潭清，烟光凝而暮山紫。俨骖騑于上路，访风景于崇阿；临帝子之长洲，得天人之旧馆。层峦耸翠，上出重霄；飞阁流丹，下临无地。鹤汀凫渚，穷岛屿之萦回；桂殿兰宫，即冈峦之体势。

披绣闼，俯雕甍，山原旷其盈视，川泽纡其骇瞩。闾阎扑地，钟鸣鼎食之家；舸舰弥津，青雀黄龙之舳。云销雨霁，彩彻区明。落霞与孤鹜齐飞，秋水共长天一色。渔舟唱晚，响穷彭蠡之滨；雁阵惊寒，声断衡阳之浦。

遥襟甫畅，逸兴遄飞。爽籁发而清风生，纤歌凝而白云遏。睢园绿竹，气凌彭泽之樽；邺水朱华，光照临川之笔。四美具，二难并。穷睇眄于中天，极娱游于暇日。天高地迥，觉宇宙之无穷；兴尽悲来，识盈虚之有数。望长安于日下，目吴会于云间。地势极而南溟深，天柱高而北辰远。关山难越，谁悲失路之人？萍水相逢，尽是他乡之客。怀帝阍而不见，奉宣室以何年？

嗟乎！时运不齐，命途多舛。冯唐易老，李广难封。屈贾谊于长沙，非无圣主；窜梁鸿于海曲，岂乏明时？所赖君子见机，达人知命。老当益壮，宁移白首之心？穷且益坚，不坠青云之志。酌贪泉而觉爽，处涸辙以犹欢。北海虽赊，扶摇可接；东隅已逝，桑榆非晚。孟尝高洁，空余报国之情；阮籍猖狂，岂效穷途之哭？

勃，三尺微命，一介书生。无路请缨，等终军之弱冠；有怀投笔，慕宗悫之长风。舍簪笏于百龄,奉晨昏于万里。非谢家之宝树,接孟氏之芳邻。他日趋庭,叨陪鲤对;今兹捧袂,喜托龙门。杨意不逢,抚凌云而自惜;钟期既遇,奏流水以何惭?

呜呼!胜地不常,盛筵难再,兰亭已矣,梓泽丘墟。临别赠言,幸承恩于伟饯;登高作赋,是所望于群公。敢竭鄙怀,恭疏短引,一言均赋,四韵俱成。请洒潘江,各倾陆海云尔。

范进中举：

人人笑他，人人皆是他

曾经自己年少轻狂，有多少昔日的不屑一顾，成了今日的求而不得？

中学时学过一篇课文《范进中举》，文章用极其生动的笔触，刻画了一个醉心于科举考试的书生，讲述了他贫困潦倒的生活与因此而遭受的嘲讽与白眼，以及考取之后喜极而失去理智的讽刺故事。范进最后考上举人后的境遇前后对比也让人啼笑皆非，他的岳父胡屠户的前倨后恭更为其增添了几分幽默的色彩。文中的种种描写，至今都令人印象深刻。

范进面黄肌瘦，胡须花白，头上戴着一顶破毡帽，穿着麻布土褂，是一个地地道道的穷书生。但他第一次参加科举时，还是一个二十岁的少年郎，直到成为年过半百的老翁，他人生中最美好的三十五年，都浪费在科举考试上了，可还连个秀才都还没考中。

为了供他读书，老母亲和妻子节衣缩食，住在茅草棚里，过着近乎乞丐般的生活。因为参加举考这件事，范进真是没少被胡屠户挖苦，甚至辱骂，他都一直默默承受着，不争也不辩。终于有一次，主考官周学道同情范进的遭遇，特意把他的试卷看了三遍，取他为第一名，并叮嘱他去参加乡试，范进终于考上秀才了。

考上秀才后，范进再接再厉，打算继续去考举人，可他没有路费，所以不得不去向岳父胡屠户开口借路费。因为范进用了三十四年才考中秀才，而举人比秀才更要难上百倍。所以当范进向胡屠户借钱时，自然是招来了胡屠户的一阵无情的挖苦和嘲讽。胡屠户说，你要想考上举人先找阎王爷借几百年阳寿，还说他癞蛤蟆想吃天鹅肉，让他撒泡尿照照自己那副尖嘴猴腮的样子……种种恶毒的语言，简直不堪入耳。

钱没借到，范进只得蹭其他学子的便利去城里参加乡试。范进自顾不暇，家里人更好不到哪里去，等他回来时，老母亲和妻子已经饿得站不稳了，范进只能把家中唯一那只下蛋的老母鸡拿到集市上换米。

就在这时候，邻居飞奔到集市找到范进并告诉他，他中举人了。因为这么多年名落孙山的经历，范进当然不敢相信，以为是邻居在打趣他。直到他回到家，看到中间升挂起的报帖"捷报贵府老爷范讳进高中广东乡试第七名亚元。京报连登黄甲"时，这才知道自己真的高中了。这真是喜从天降啊，几十年的努力终于得偿所愿，因为大喜过望，范进竟然摔了一跤背过气去了。老母亲赶紧找人灌进几口水，才将他唤醒，谁承想他刚一醒来，就又笑着，不由分说，往门外飞跑，把报录人和邻居吓了一跳。走出大门不多路，又一跤跌在塘里，挣扎起来时头发都跌散了，两手黄泥，淋淋漓漓一身的水。众人拉不住他，他一路上拍着笑着，一直走到集上去了。众人大眼望小眼，原来范进因太过欢喜竟然疯了。

有人提议让他平日里最惧怕的那个人来打他一个嘴巴，没准就好了。于是有人自告奋勇去找胡屠户，胡屠户听说范进中了举，这下可不敢下手了，奈何众人都无计可施。他虽心下害怕，但在众人的鼓动下，壮了壮胆子，颤巍巍地伸出手在范进脸上打了一巴掌。范进被这一巴掌打醒了，等他缓过神来，胡屠户立刻小心翼翼地道起歉来，那态度恭敬的模样，好似完全换了一个人。"贤婿老爷，方才不是我大胆，是你老太太的主意，央我来劝你的。"接着他又跟乡邻夸耀起自己的眼光，"我每常说，我这个贤婿才学高、品貌好，就是城里头张府、周府这些老爷，也没有我女婿这样一个体面的相貌……"

曾经那些嘲笑过范进、看不起范进的乡邻，一个个也开始奉承起他来，一时之间奉承之词不绝于耳。范进也迎来了他人生的巅峰时刻。

记得中学时读《范进中举》时，同学们都哄堂大笑，嘲笑范进的固执、迂腐，认不清自己，也笑胡屠户前倨后恭的势利眼模样，还笑那些乡邻的趋炎附势，更笑范进中了举人竟然能高兴得发疯。

当时小小年纪的我，实在觉得这里面没有一个可笑的人物，也无法共情范进的遭遇。直到大学毕业后，看到身边很多人为了一个虚幻的目标，走入歧途，才对范进中举而疯的故事生有了几分共情。

大学毕业后，堂哥在北京找了一份工作，底薪五千元，加上绩效提成，每个月工资在一万元左右。这份薪资比他预期的高不少，考虑到以后还有上升空间，他不想错过这个不错的机会，于是决定入职，打算以后留在北京发展。

对此，他女朋友却不支持。他女朋友是一名教师，并且在老家，工作很稳定。如果堂哥选择在北京工作，意味着二人要异地，身边有太多因为异地恋而分手的例子，因此，女朋友希望他有个稳定的工作，一起在老家生活。

那时候，堂哥意气风发，对未来充满期待，打算在大城市好好施展一番拳脚，老家那种一眼看得到头的生活，不是他喜欢的。

人各有志，年轻人必须经受现实的考验。

后来，堂哥如愿去了北京，但工作没有想象中那般称心如意。那是一家规模不大的工作室，有二十来个员工，工资常常不能按时发放，而绩效和提成也要转正之后才会有。因不满于此，很快堂哥就辞职了。这时他女朋友再一次劝他回去，可他并没有被短暂的挫折打倒，毕竟谁刚毕业找工作不走一点弯路呢？

然而"长安米贵，居大不易"，堂哥竟然一直没找到满意的工作。一次偶然的机会，他认识了一位拥有百万粉丝的影评作者，这个人很欣赏他的文笔，邀请他加入了影评公众号的运营团队。就这样，堂哥一边工作一边运营公众号，有了双份收入，一个月轻轻松松拿到了上万元的工资。

有了这份收入后，堂哥就和女友商量结婚的事情。但女友的父母认为，在外打工始终不稳定，他们希望女儿能在县城找一个有一定经济基础的人成家立业。于是，结婚的事情也就这样搁置了。

又过了几年，随着短视频的蓬勃发展，公众号越来越无人问津，堂哥不得不另谋出路。由于自身发展受限，后来堂哥加入了考公的大军，可是因为备考不力等种种原因，此时的堂哥也像范进一样，一次又一次地经历着考试的失败。

眼看着同学一个个或娶妻生子，或事业有成，唯他自己一事无成。父母时不时还会有意无意地催一下婚，要不就是又听说谁家的孩子考进哪个事业单位了，言语中满是羡慕之情，眼神中仿佛又多了一丝黯淡。一晃三年，堂哥终究没能得到一个"铁饭碗"，最终也没和女朋友一起走进婚姻的殿堂。堂哥的人生遇到了重重波折，在想结婚的时候没能结成婚，回老家后一直也没有找到满意的工作，他只能退而求其次，找了一份勉强可以养活自己的营生，昔日意气风发的年轻人，开始尝到现实生活的沉重压力。人生至暗时刻，他曾无奈地自嘲是范进，他说一开始嘲笑范进，后来理解范进，再后来开始羡慕范进，可也许终其一生他都无法成为范进。

在封建社会里，范进只能通过考取功名来改变命运，他是可悲、可叹、可怜的。可新时代的我们却拥有更多机会去实现理想，但每个时代的年轻人都会遇到新的困境，在追逐梦想的路上同样会遭遇种种困难，但这恰恰需要我们拿出更大的勇气来攻坚克难，锲而不舍地追求目标，万万不可自怨自艾，更不要自暴自弃，因为唯有坚持不懈的努力，才能守得云开见月明。

每个人都可以过好这一生，普通人也可以活得热热烈烈！

原文欣赏

范进中举

（选自《儒林外史》第三回）

清·吴敬梓

范进进学回家，母亲、妻子，俱各欢喜。正待烧锅做饭，只见他丈人胡屠户，手里拿着一副大肠和一瓶酒，走了进来。范进向他作揖，坐下。胡屠户道："我自倒运，把个女儿嫁与你这现世宝穷鬼，历年以来，不知累了我多少。如今不知因我积了甚么德，带挈你中了个相公，我所以带个酒来贺你。"范进唯唯连声，叫浑家把肠子煮了，烫起酒来，在茅草棚下坐着。母亲自和媳妇在厨下造饭。胡屠户又吩咐女婿道："你如今即中了相公，凡事要立起个体统来。比如我这行事里都是些正经有脸面的人，又是你的长亲，你怎敢在我们跟前装大？若是家门口这些做田的，扒粪的，不过是平头百姓，你若同他拱手作揖，平起平坐，这就是坏了学校规矩，连我脸上都无光了。你是个烂忠厚没用的人，所以这些话我不得不教导你，免得惹人笑话。"范进道："岳父见教的是。"胡屠户又道："亲家母也来这里坐着吃饭。老人家每日小菜饭，想也难过。我女孩儿也吃些，自从进了你家门，这十几年，不知猪油可曾吃过两三回哩！可怜！可怜！"说罢，婆媳两个都来坐着吃了饭。吃到日西时分，胡屠户吃的醺醺的。这里母子两个，千恩万谢。屠户横披了衣服，腆着肚子去了。

次日，范进少不得拜拜乡邻。魏好古又约了一班同案的朋友，彼此来往。因是乡试年，做了几个文会。不觉到了六月尽间，这些同案的人约范进去乡试。范进因没有盘费，走去同丈人商议，被胡屠户一口啐在脸上，骂了一个狗血喷头道："不要失了你的时了！你自己只觉得中了一个相公，就'癞虾蟆想吃起天鹅肉'来！我听见人说，就是中相公时，也不是你的文章，还是宗师看见你老，不过意，舍与你的。如今痴心就想中起老爷来！这些中老爷的都是天上的'文曲星'！你不看见城里张府上那些老爷，都有万贯家私，一个个方面大耳。像你这尖嘴猴腮，也该撒抛尿自己照照！不三不四，就想天鹅屁吃！趁早收了这心，明年在我们行事里替你寻一个馆，每年寻几两银子，养活你那老不死的老娘和你老婆是正经！你问我借盘缠，我一天杀一个猪还赚不得钱把银子，都把与你去丢在水里，叫我一家老小嗑西北风！"一顿夹七夹八，骂的范进摸门不着。辞了丈人回来，自心里想："宗师说我火候已到，自古无场外的举人，如不进去考他一考，如何甘心？"因向几个同案商议，瞒着丈人，到城里乡试。出了场，即便回家。家里已是饿了两三天。被胡屠户知道，又骂了一顿。

到出榜那日，家里没有早饭米，母亲吩咐范进道："我有一只生蛋的母鸡，你快拿集上去卖了，买几升米来煮餐粥吃，我已是饿的两眼都看不见了。"范进慌忙抱了鸡，走出门去。才去不到两个时候，只听得一片声的锣响，三匹马闯将来。那三个人下了马，把马拴在茅草棚上，一片声叫道："快请范老爷出来，恭喜高中了！"母亲不知是甚事，吓得躲在屋里；听见中了，方敢伸出头来说道："诸位请坐，小儿方才出去了。"那些报录人道："原来是老太太。"本家簇拥着要喜钱。正在吵闹，又是几匹马，二报、三报到了，挤了一屋的人，茅草棚地下都坐满了。邻居都来了，挤着看。老太太没奈何，只得央及一个邻居去寻她儿子。

那邻居飞奔到集上，一地里寻不见；直寻到集东头，见范进抱着鸡，手里插个草标，一步一踱的，东张西望，在那里寻人买。邻居道："范相公，快些回去。你恭喜中了举人，报喜人挤了一屋里。"范进道是哄他，只装不听见，低着头，往前走。邻居见他不理，走上来，就要夺他手里的鸡。范进道："你夺我的鸡怎的？你又不买。"邻居道："你中了举了，叫你家去打发报子哩。"范进道："高邻，你晓得我今日没有米，要卖这鸡去救命，为甚么拿这话来混我？我又不同你顽，你自回去罢，莫误了我卖鸡。"邻居见他不信，劈手把鸡夺了，掼在地下，一把拉了回来。报录人见了道："好了，新贵人回来了。"正要拥着他说话。范进三两步走进屋里来，见中间报帖已经升挂起来，上写道："捷报贵府老爷范讳进高中广东乡试第七名亚元。京报连登黄甲。"

范进不看便罢，看了一遍，又念一遍，自己把两手拍了一下，笑了一声道："噫！好了！我中了！"说着，往后一交跌倒，牙关咬紧，不省人事。老太太慌了，慌将几口开水灌了过来，他爬将起来，又拍着手大笑道："噫！好！我中了！"笑着，不由分说，就往门外飞跑，把报录人和邻居都吓了一跳。走出大门不多路，一脚踹在塘里，挣起来，头发都跌散了，两手黄泥，淋淋漓漓一身的水，众人拉他不住，拍着笑着，一直走到集上去了。众人大眼望小眼，一齐道："原来新贵人欢喜疯了。"老太太哭道："怎生这样苦命的事！中了一个甚么举人，就得了这个拙病！这一疯了，几时才得好？"娘子胡氏道："早上好好出去，怎的就得了这样的病！却是如何是好？"众邻居劝道："老太太不要心慌。我们而今且派两个人跟定了范老爷。这里众人家里拿些鸡蛋酒米，且管待了报子上的老爹们，再为商酌。"

当下众邻居有拿鸡蛋来的，有拿白酒来的，也有背了斗米来的，也有捉两只鸡来的。娘子哭哭啼啼，在厨下收拾齐了，拿在草棚下。邻居又搬些桌凳，请报录的坐着吃酒，商议："他这疯了，如何是好？"报录的内中有一个人道："在下倒有一个主意，不知可以行得行不得？"众人问："如何主意？"那人道："范老爷平日可有最怕的人？他只因欢喜狠了，痰涌上来，迷了心窍。如今只消他怕的这个人来打他一个嘴巴，说：'这报录的话都是哄你，你并不曾中。'他吃这一吓，把痰吐了出来，就明白了。"众邻都拍手道："这个主意好得紧，妙得紧！范老爷怕的，莫过于肉案子上胡老爹。好了！快寻胡老爹来。他想是还不知道，在集上卖肉哩。"又一个人道："在集上卖肉，他倒好知道了；他从五更鼓就往东头集上迎猪，还不曾回来。快些迎着去寻他。"

一个人飞奔去迎，走到半路，遇着胡屠户来，后面跟着一个烧汤的二汉，提着七八斤肉，四五千钱，正来贺喜。进门见了老太太，老太太大哭着告诉了一番。胡屠户诧异道："难道这等没福！"外边人一片声请胡老爹说话。胡屠户把肉和钱交与女儿，走了出来。众人如此这般，同他商议。胡屠户作难道："虽然是我女婿，如今却做了老爷，就是天上的星宿。天上的星宿是打不得的！我听得斋公们说：打了天上的星宿，阎王就要拿去打一百铁棍，发在十八层地狱，永不得翻身。我却是不敢做这样的事！"邻居内一个尖酸人说道："罢么！胡老爹，你每日杀猪的营生，白刀子进去，红刀子出来，阎王也不知叫判官的簿子上记了你几千条铁棍；就是添上这一百棍，也打甚么要紧？只恐把铁棍子打完了，也算不到这笔账上来。或者你救好了女婿的病，阎王叙功，从地狱里把你提上第十七层来，也不可知。"报录的人道："不要只管讲笑话。胡老爹，这个事须是这般，你没奈何，权变一权变。"屠户被众人局不过，只得连斟两碗酒喝了，壮一壮胆，把方才这些小心收起，将平日的凶恶样子拿出来，卷一卷那油晃晃的衣袖，走上集去。众邻居五六个都跟着走。老太太赶出来叫道："亲家，你只可吓他一吓，却不要把他打伤了！"众邻居道："这自然，何消吩咐。"说着，一直去了。

来到集上，见范进正在一个庙门口站着，散着头发，满脸污泥，鞋都跑掉了一只，兀自拍着掌，口里叫道："中了！中了！"胡屠户凶神似的走到跟前，说道："该死的畜生！你中了甚么？"一个嘴巴打将去。众人和邻居见这模样，忍不住的笑。不想胡屠户虽然大着胆子打了一下，心里到底还是怕的，那手早颤起来，不敢打到第二下。范进因这一个嘴巴，却也打晕了，昏倒于地。众邻居一齐上前，替他抹胸口，捶背心，舞了半日，渐渐喘息过来，眼睛明亮，不疯了。众人扶起，借庙门口一个外科郎中"跳驼子"板凳上坐着。胡屠户站在一边，不觉那只手隐隐的疼将起来；自己看时，把个巴掌仰着，再也弯不过来。自己心里懊恼道："果然天上'文曲星'是打不得的，而今菩萨计较起来了。"想一想，更疼的狠了，连忙问郎中讨了个膏药贴着。

范进看了众人，说道："我怎么坐在这里？"又道："我这半日，昏昏沉沉，如在梦里一般。"众邻居道："老爷，恭喜高中了。适才欢喜得有些引动了痰，方才吐出几口痰来，好了。快请回家去打发报录人。"范进说道："是了。我也记得是中的第七名。"范进一面自绾了头发，一面问郎中借了一盆水洗洗脸。一个邻居早把那一只鞋寻了来，替他穿上。见丈人在跟前，恐怕又要来骂。胡屠户上前道："贤婿老爷，方才不是我敢大胆，是你老太太的主意，央我来劝你的。"邻居内一个人道："胡老爹方才这个嘴巴打的亲切，少顷范老爷洗脸，还要洗下半盆猪油来！"又一个道："老爹，你这手明日杀不得猪了。"胡屠户道："我那里还杀猪！有我这贤婿，还怕后半世靠不着也怎的？我每常说，我的这个贤婿，才学又高，品貌又好，就是城里头那张府、周府这些老爷，也没有我女婿这样一个体面的相貌！你们不知道，得罪你们说，我小老这一双眼睛，却是认得人的，想着先年，我小女在家里长到三十多岁，多少有钱的富户要和我结亲，我自己觉得女儿像有些福气的，毕竟要嫁与个老爷，今日果然不错！"说罢，哈哈大笑，众人都笑起来，看着范进洗了脸。郎中又拿茶来吃了，一同回家。范举人先走，屠户和邻居跟在后面。屠户见女婿衣裳后襟滚皱了许多，一路低着头替他扯了几十回。到了家门，屠户高声叫道："老爷回府了！"老太太迎着出来，见儿子不疯，喜从天降。众人问报录的，已是家里把屠户送来的几千钱打发他们去了。范进拜了母亲，也拜谢丈人。胡屠户再三不安道："些须几个钱，不够你赏人。"范进又谢了邻居。正待坐下，早看见一个体面的管家，手里拿着一个大红全帖，飞跑了进来："张老爷来拜新中的范老爷。"说毕，轿子已是到了门口。胡屠户忙躲进女儿房里，不敢出来。邻居各自散了。

范进迎了出去，只见那张乡绅下了轿进来，头戴纱帽，身穿葵花色员领，金带、皂靴。他是举人出身，做过一任知县的，别号静斋，同范进让了进来，到堂屋内平磕了头，分宾主坐下。张乡绅先攀谈道："世先生同在桑梓，一向有失亲近。"范进道："晚生久仰老先生，只是无缘，不曾拜会。"张乡绅道："适才看见题名录，贵房师高要县汤公，就是先祖的门生，我和你是亲切的世弟兄。"范进道："晚生侥幸，实是有愧。却幸得出老先生门下，可为欣喜。"张乡绅四面将眼睛望了一望，说道：

"世先生果是清贫。"随在跟的家人手里拿过一封银子来，说道："弟却也无以为敬，谨具贺仪五十两，世先生权且收着。这华居，其实住不得，将来当事拜往，俱不甚便。弟有空房一所，就在东门大街上，三进三间，虽不轩敞，也还干净，就送与世先生；搬到那里去住，早晚也好请教些。"范进再三推辞，张乡绅急了，道："你我年谊世好，就如至亲骨肉一般，若要如此，就是见外了。"范进方才把银子收下，作揖谢了。又说了一会，打躬作别。胡屠户直等他上了轿，才敢走出堂屋来。

范进即将这银子交与浑家打开看，一封一封雪白的细丝锭子，即便包了两锭，叫胡屠户进来，递与他道："方才费老爹的心，拿了五千钱来。这六两多银子，老爹拿了去。"屠户把银子攥在手里紧紧的，把拳头舒过来，道："这个，你且收着。我原是贺你的，怎好又拿了回去？"范进道："眼见得我这里还有这几两银子，若用完了，再来问老爹讨来用。"

屠户连忙把拳头缩了回去，往腰里揣，口里说道："也罢，你而今相与了这个张老爷，何愁没有银子用？他家里的银子，说起来比皇帝家还多些哩！他家就是我卖肉的主顾，一年就是无事，肉也要用四五千斤，银子何足为奇！"又转回头来望着女儿说道："我早上拿了钱来，你那该死行瘟的兄弟还不肯，我说：'姑老爷今非昔比，少不得有人把银子送上门来给他用，只怕姑老爷还不希罕。'今日果不其然！如今拿了银子家去骂这死砍头短命的奴才！"说了一会，千恩万谢，低着头，笑迷迷的去了。

（本文依据人教部编版［五·四学制］九年级语文上册）

孔乙己：

脱不掉的长衫和下不了的高台

孔乙己是谁？他是鲁迅笔下唯一站着喝酒却穿长衫的人，在过去，"短衫"指劳动人民，"长衫"则代表那些出手阔绰，可以踱步走进店铺里要酒要菜，慢慢坐着喝酒的读书人。而孔乙己是唯一站着喝酒穿长衫的人，表明他是个失意的读书人，也是在清末的科举制度之下，除了少数跻身统治阶级的读书人以外，大多数穷困潦倒的底层知识分子的真实写照。

孔乙己是语文课本里的人物，也是很多迷茫的年轻人眼中的自己，他们和孔乙己的经历产生了深深的共鸣，于是写下了"孔乙己文学"。

"如果我没读过大学就好了。如果当初没有考上大学，现在我就可以心安理得地进厂拧螺丝。可是我上了大学，放不下不值钱的身段，拉不下脸。"

"我真的很想去当美甲师，可是家里人辛辛苦苦供我读研究生，他们肯定接受不了。"

"我真的很想去农村喂鸡。看着鸡一下一下吃东西，真的好治愈。谁懂啊！"

"大学毕业许多年了，工作一直高不成低不就，我才猛然发现，上过大学反倒成了我找工作的障碍，让我不敢去尝试门槛低的工作。"

这些都是社交媒体上年轻人发出的感慨，都表达了同一个意思，那就是如果没有读过大学，就可以放下身段接受一份体力劳动，上过大学后，便很难再心安理得地进厂拧螺丝。十年寒窗只为考进大学，拥有一份光鲜体面工作才更符合大家的期待。如果稍有差错，就会让人觉得这么多年的书岂不是白读了。

他们的苦恼，不仅来自找不到理想的工作，还在于无法接受一个相对平凡的工作。对他们来说，如果没有接受过高等教育，接受一份普通的体力工作或许会更加容易，可如今再做出这样的选择，就觉得对不起自己那么多年的寒窗苦读，也辜负了父母对他们的期望，因此陷入进退两难的困境。

学历仿佛不再是他们叩响新生活的敲门砖，反倒成了他们脱不掉的长衫和下不了的高台。

初读不知书中意，再读已是书中人！

十年前，"北大毕业生卖猪肉"的新闻引发全民热议，近几年更是经常有硕士生送外卖、大学毕业生卖煎饼馃子等新闻见诸报端。因此关于"孔乙己的长衫该不该脱"一度在网上引发了一系列的讨论。

有人说："下不来的教育高台，是我父母辛辛苦苦堆砌的，那是他们没见过的世界。"

也有人说："这件长衫是用父亲的血汗换来的，上面还打满了母亲缝补的补丁和装饰，脱下来牵扯太多，太难了！"

不高不低的学历，似乎成了困住他们人生的茧，成了他们前进路上的阻碍，给他们带来了无尽苦恼。那么，孔乙己的长衫到底该不该脱呢？我认为，该脱。

对此，我想讲一个对我触动极大的故事，看看别人是如何脱下了孔乙己的长衫的。

这是发生在我身边的真人真事，故事的主人公是我的大学同学高珊珊。

在一众同学中，高珊珊是为数不多的一毕业就创业的人。

大学毕业后，我按部就班地开始找工作，安分守己地成了一个"北漂"，每天朝九晚五地上下班，每个月定时收到一份不多不少的工资，维持着一种在父母眼中看似体面的生活。但看一线城市的房价水平，以我微薄的薪水计算，恐怕辛苦一辈子也无法在北京拥有一套自己的房子。

珊珊和我的选择截然不同。大学毕业后，她仅仅工作了三个月，就是这短暂的上班经历，让她意识到自己不喜欢朝九晚五的生活，之后果断辞职，然后就做起了微商。那几年，微商正蓬勃发展，她从在朋友圈卖女士内衣起步，后来又开始卖女性饰品。两年后，当我月薪还只有五千元的时候，她已经年入三十万了。三年之内，她就在济南开了一家小饰品店铺，店铺选在大学城附近的商业街，五年间，店铺就开到了三家。

毕业五年，我换了三份工作，她则靠自己的能力在济南买下了自己的第一套房子。

不得不承认，她很有魄力，执行力也强，但更让我好奇的是，她怎么能够轻易地"脱掉孔乙己的长衫"，投身到做小饰品行业？

聊到彼此过往的经历和选择时，她说其实一开始并没有明确的目标，在接触和调研了很多项目之后，她发现女性的小饰品虽不起眼，可利润空间却极大，加之她本人很爱美，天生地就喜欢这些东西，所以就这么顺其自然地选择了这个行业。先去行动，再去完善。在做的过程中不断调整，慢慢地，路线就清晰了。

从交谈中得知，她没有把学历看得如我想象中那般金贵，她更倾向于把大学当成一种人生的体验，认为大学的经历帮她拓宽了视野、开阔了眼界，让她拥有更多机会尝试自己感兴趣的事情，也帮助她更好地认识了自己。与此同时，她也并不认为拥有了大学学历，就一定要从事那些听上去"高大上"的工作。

对学历认知的不同，导致了我们截然不同的人生选择。在写字楼里朝九晚五地上班，固然是一种选择，但不必成为每个大学毕业生人生的必然选项。说到底，去做自己喜欢的事情，通过自己的努力赚钱，过上自己向往的生活，这不正是生活的意义吗？那一刻，我在想或许并不存在脱不掉的长衫和下不了的高台。

像她这样觉醒得早的人，其实并不少。

有一天，我在网上看到一个年轻女孩分享她脱掉长衫的经历和感悟，让我由衷地赞叹，并十分地赞同。

故事是这样的。

女孩在闲暇时间做了一份兼职工作，那是一个体力活，内容也很简单，就是给别人洗车。她发现做这份工作不需要费脑，只要拿起水枪把车清洗干净就行了，如果顾客指出哪个死角没洗干净，她接着再把死角认认真真清洗干净就行了。一天下来，收入不仅比她之前的日薪高，而且钱立刻到账。那种劳动完马上就收到报酬的感觉，让她感觉棒极了！工作结束后，虽然也会感到腰酸背痛，但都是身体上的疲惫，睡一觉起来就完全恢复了，第二天又可以活蹦乱跳地去上班了。薪水赚得既简单又轻松，关键还一点烦恼也没有。

这个体验让女孩非常开心，甚至忍不住发出"孔乙己的长衫"不仅要脱，还应该早点脱的感慨。

她为什么会有这种感慨呢？

原来，她在光鲜亮丽的写字楼里，曾有一份很体面的工作。但职场复杂的人际关系给她带来了极大的内耗，也让她看透了职场的局限性。她曾经讲过自己的一个遭遇："工作中与领导沟通时，你错了，就是你错了；你自认为没错的时候，也可能还是你错。因为一旦涉及利益，不论你是在努力工作，还是和领导好好沟通，好像都没有用，因为这个'错'可能和领导的利益有冲突，因此把一些莫须有的东西扣到你头上，所以不论你说什么其实都是没有用的。"

因此，她在职场中感到了深深的倦怠，那不是身体上的疲惫，而是心里的厌倦，是利益纠缠后混淆是非的污浊。因为利益争夺而污名化他人，这种事情不符合她的价值观，因此内心的煎熬无从释放，问题也无法真正地解决，负面的情绪只会积压在心里，让人越来越阴郁。

在视频的最后，她长叹一声，然后反问自己："这件长衫穿久了，它带给我好处了吗？没有！它只让我胆小、自卑、迂腐、懦弱，让我变得越来越不像自己，让我活得也越来越不快乐。"

这个女孩深刻地剖析了自己在职场的遭遇，她深刻地领悟到：人生广阔，要勇敢地去追求自己真正喜欢做的事情。这长衫不仅要脱下，而且要赶紧甩去，一点都不值得留恋。

经过不断地探索，女孩体验了很多不同的职业，最终决定将自己打造成超级个体，而不再回到职场上做无意义的竞争。

其实，脱掉孔乙己的长衫，并不是否定教育的价值和读书的意义，而且我相信，对于绝大多数普通家庭的孩子来说，接受教育仍然是改变命运的最佳途径。但我们要明白的是，每个人都是独特的，每个人都可以有自己的选择。外界的声音只是参考，不合理就不用理会，我们不应该被学历束缚，也不要被他人的声音左右，而是要认真地观察所处的社会环境，练就强大的独立思考能力，确定自己的人生方向，实现个体的人生价值。

孔乙己

鲁迅

鲁镇的酒店的格局，是和别处不同的：都是当街一个曲尺形的大柜台，柜里面预备着热水，可以随时温酒。做工的人，傍午傍晚散了工，每每花四文铜钱，买一碗酒，——这是二十多年前的事，现在每碗要涨到十文，——靠柜外站着，热热的喝了休息；倘肯多花一文，便可以买一碟盐煮笋，或者茴香豆，做下酒物了，如果出到十几文，那就能买一样荤菜，但这些顾客，多是短衣帮，大抵没有这样阔绰。只有穿长衫的，才踱进店面隔壁的房子里，要酒要菜，慢慢地坐喝。

我从十二岁起，便在镇口的咸亨酒店里当伙计，掌柜说，样子太傻，怕侍候不了长衫主顾，就在外面做点事罢。外面的短衣主顾，虽然容易说话，但唠唠叨叨缠夹不清的也很不少。他们往往要亲眼看着黄酒从坛子里舀出，看过壶子底里有水没有，又亲看将壶子放在热水里，然后放心：在这严重监督之下，羼水也很为难。所以过了几天，掌柜又说我干不了这事。幸亏荐头的情面大，辞退不得，便改为专管温酒的一种无聊职务了。

我从此便整天的站在柜台里，专管我的职务。虽然没有什么失职，但总觉有些单调，有些无聊。掌柜是一副凶脸孔，主顾也没有好声气，教人活泼不得；只有孔乙己到店，才可以笑几声，所以至今还记得。

孔乙己是站着喝酒而穿长衫的唯一的人。他身材很高大；青白脸色，皱纹间时常夹些伤痕；一部乱蓬蓬的花白的胡子。穿的虽然是长衫，可是又脏又破，似乎十多年没有补，也没有洗。他对人说话，总是满口之乎者也，教人半懂不懂的。因为他姓孔，别人便从描红纸上的"上大人孔乙己"这半懂不懂的话里，替他取下一个绰号，叫作孔乙己。孔乙己一到店，所有喝酒的人便都看着他笑，有的叫道，"孔乙己，你脸上又添上新伤疤了！"他不回答，对柜里说："温两碗酒，要一碟茴香豆。"便排出九文大钱。他们又故意的高声嚷道："你一定又偷了人家的东西了！"孔乙己睁大眼睛说："你怎么这样凭空污人清白……""什么清白？我前天亲眼见你偷了何家的书，吊着打。"孔乙己便涨红了脸，额上的青筋条条绽出，争辩道："窃书不能算偷……窃书！……读书人的事，能算偷么？"接连便是难懂的话，什么"君子固穷"，什么"者乎"之类，引得众人都哄笑起来：店内外充满了快活的空气。

听人家背地里谈论，孔乙己原来也读过书，但终于没有进学，又不会营生；于是愈过愈穷，弄到将要讨饭了。幸而写得一笔好字，便替人家钞钞书，换一碗饭吃。可惜他又有一样坏脾气，便是好喝懒做。坐不到几天，便连人和书籍纸张笔砚，一齐失踪。如是几次，叫他钞书的人也没有了。孔乙己没有法，便免不了偶然做些偷窃的事。但他在我们店里，品行却比别人都好，就是从不拖欠；虽然间或没有现钱，暂时记在粉板上，但不出一月，定然还清，从粉板上拭去了孔乙己的名字。

孔乙己喝过半碗酒，涨红的脸色渐渐复了原，旁人便又问道："孔乙己，你当真认识字么？"孔乙己看着问他的人，显出不屑置辩的神气。他们便接着说道："你怎的连半个秀才也捞不到呢？"孔乙己立刻显出颓唐不安模样，脸上笼上了一层灰色，嘴里说些话；这回可是全是之乎者也之类，一些不懂了。在这时候，众人也都哄笑起来：店内外充满了快活的空气。

在这些时候，我可以附和着笑，掌柜是决不责备的。而且掌柜见了孔乙己，也每每这样问他，引人发笑。孔乙己自己知道不能和他们谈天，便只好向孩子说话。有一回对我说道，"你读过书么？"我略略点一点头。他说，"读过书，……我便考你一考。茴香豆的茴字，怎样写的？"我想，讨饭一样的人，也配考我么？便回过脸去，不再理会。孔乙己等了许久，很恳切的说道，"不能写罢？……我教给你，记着！这些字应该记着。将来做掌柜的时候，写账要用。"我暗想我和掌柜的等级还很远呢，而且我们掌柜也从不将茴香豆上账；又好笑，又不耐烦，懒懒的答他道："谁要你教，不是草头底下一个来回的回字么？"孔乙己显出极高兴的样子，将两个指头的长指甲敲着柜台，点头说："对呀对呀！……回字有四样写法，你知道么？"我愈不耐烦了，努着嘴走远。孔乙己刚用指甲蘸了酒，想在柜上写字，见我毫不热心，便又叹一口气，显出极惋惜的样子。

有几回，邻舍孩子听得笑声，也赶热闹，围住了孔乙己。他便给他们茴香豆吃，一人一颗。孩子吃完豆，仍然不散，眼睛都望着碟子。孔乙己着了慌，伸开五指将碟子罩住，弯腰下去说道："不多了，我已经不多了。"直起身又看一看豆，自己摇头说："不多不多！多乎哉？不多也。"于是这一群孩子都在笑声里走散了。

孔乙己是这样的使人快活，可是没有他，别人也便这么过。

有一天，大约是中秋前的两三天，掌柜正在慢慢的结账，取下粉板，忽然说："孔乙己长久没有来了。还欠十九个钱呢！"我才也觉得他的确长久没有来了。一个喝酒的人说道："他怎么会来？……他打折了腿了。"掌柜说："哦！""他总仍旧是偷。这一回，是自己发昏，竟偷到丁举人家里去了。他家的东西，偷得的么？""后来怎么样？""怎么样？先写服辩，后来是打，打了大半夜，再打折了腿。""后来呢？""后来打折了腿了。""打折了怎样呢？""怎样？……谁晓得？许是死了。"掌柜也不再问，仍然慢慢的算他的账。

中秋过后，秋风是一天凉比一天，看看将近初冬；我整天的靠着火，也须穿上棉袄了。一天的下半天，没有一个顾客，我正合了眼坐着。忽然间听得一个声音："温一碗酒。"这声音虽然极低，却很耳熟。看时又全没有人。站起来向外一望，那孔乙己便在柜台下对了门槛坐着。他脸上黑而且瘦，已经不成样子；穿一件破夹袄，盘着两腿，下面垫一个蒲包，用草绳在肩上挂住；见了我，又说道："温一碗酒。"掌柜也伸出头去，一面说："孔乙己么？你还欠十九个钱呢！"孔乙己很颓唐的仰面答道："这……下回还清罢。这一回是现钱，酒要好。"掌柜仍然同平常一样，笑着对他说："孔乙己，你又偷了东西了！"但他这回却不十分分辩，单说了一句"不要取笑！""取笑？要是不偷，怎么会打断腿？"孔乙己低声说道："跌断，跌，跌……"他的眼色，很像恳求掌柜，不要再提。此时已经聚集了几个人，便和掌柜都笑了。我温了酒，端出去，放在门槛上。他从破衣袋里摸出四文大钱，放在我手里，见他满手是泥，原来他便用这手走来的。不一会，他喝完酒，便又在旁人的说笑声中，坐着用这手慢慢走去了。

自此以后，又长久没有看见孔乙己。到了年关，掌柜取下粉板说："孔乙己还欠十九个钱呢！"到第二年的端午，又说："孔乙己还欠十九个钱呢！"到中秋可是没有说，再到年关也没有看见他。

我到现在终于没有见——大约孔乙己的确死了。

一九一九年三月

（本文依据人教部编版［五·四学制］
九年级语文下册）

少年闰土：

我慢慢接受了自己的平凡

在少年鲁迅眼中，少年闰土是一个很有灵气的男孩，一个无所不能的小英雄。

闰土长着一张紫色的圆脸，头戴一顶小毡帽，颈上套一个明晃晃的银项圈。他知道如何在雪天捕捉鸟雀，知道海边各种贝壳的名字，还会拿着钢叉守护地里的西瓜……这一切对于少年鲁迅来说，既陌生又新奇，很快两个年龄相仿的少年就成为无话不谈的好朋友。

可惜正月一转眼就过去了，闰土也要离开了。分别时，闰土躲在厨房不肯出来，"我"也急得大哭。少年的友谊如此纯粹，一刻也不愿分开。

时过境迁，当人到中年的鲁迅再次见到闰土时，他紫色的圆脸已经变得灰黄，添上了很深的皱纹，眼睛也像他父亲一样周围都肿得通红……他头上戴着一顶破毡帽，身上只穿一件极薄的棉衣，浑身瑟缩着；手里提着一个纸包和一支长烟管，那手又粗又笨而且开裂得像是松树皮了，也不再是"我"记忆中红活圆实的手了。

二人再次见面时，闰土没有像从前那样，对"我"说着各种新奇事，而是恭敬地喊了一声"老爷"。"我"知道，那亲密无间的、纯真无邪的少年时光终究一去不复返了，我们再也回不去了。

年少读书时，第一次读到此处，心中就生出了恍若隔世的悲凉之感。只是那时候我没有想到，多年之后，当我不再是少年，经历了他们正经历的事情时，那种荒芜悲凉之感愈加强烈，无言话凄凉处，当真应了那句话：如人饮水冷暖自知。

其实，闰土是有原型的，他是鲁迅的发小章运水。

章运水的父亲章福庆有竹编手艺，他在绍兴市新台门附近开了一个竹编作坊，就是用竹子为原材料制作出盆盘篮筐等各类生活用品，以及一些竹制乐器和玩具。作坊就在百草园后门不远处，平时他守着这间竹制作坊，靠售卖竹制品为生。每年到了"忙月"，他就会到周家做短工，春种、秋收，以及为周家家族祭祀时做一些打杂工作。

1893年，赶上鲁迅家里大祭祀，章福庆带着儿子章运水来帮忙。当时章运水十四岁，鲁迅十二岁。鲁迅叫他"阿水"，他叫鲁迅"大阿官"，两人成了好朋友。后来鲁迅在南京读书期间，还回乡与章运水一起度过一个假期。

中年的章运水虽不失农民的淳朴、勤劳，但他已经被现实消磨掉了少年时的灵性。就如《故乡》中的闰土变得卑微、木讷，再难把鲁迅视为平等的、亲切的朋友，而是把他置于高高在上的位置上。

小时候读到这篇课文时，因为太过喜欢鲁迅和闰土的少年情谊，所以难免对中年闰土的变化有些鄙薄。随着慢慢长大，渐通人事之后，才理解了闰土转变的缘由，也才更加凄然地发现，自己分明就是那个"闰土"啊。

小时候，我有一个特别要好的邻家姐姐——小雪，她比我大三岁，聪明伶俐又懂事，不仅招大人们喜欢，也非常受同伴们的欢迎。

我们曾在老家农村度过了一段无忧无虑的童年时光。村西口养老院边上，生长着一株高大的构树，每逢夏秋季节，构树上的楮实子红了，我们就会爬到高高的树上摘果子吃。夏末安静的午后，我们俩分别坐在粗壮的树枝上，耳边响着阵阵蝉鸣，一边随手从树上摘下果子，一边优哉游哉地垂着脚丫子，那真是静谧美好的时光啊。

有一次，我们从构树上下来时，在养老院的草丛里，发现了一只雏鸟，它身上的毛还没长全，昂着头向上张着一张大嘴，嗷嗷待哺。小雪说，它很可能是不小心从鸟窝里掉下来的。还好它没有受伤，于是小雪提议把它带回去好好养着。我们就把它带回了家，找来一个纸盒子，还在里面放了一些柔软的布条，为它搭建起一个简易的鸟窝。小雪每天清晨和午后都喂给它清水和小米，我也每天去看望它。等它慢慢长大一点了，我们还时不时到野外去抓小蚂蚱给它。这只小鸟在小雪家养了很久，成了我们的新玩伴。后来，有一天当我们放学回到家时，发现它不知道什么时候悄悄死掉了。这让我们非常意外，也非常伤心，难过了好一阵之后，我们决定为它找一个地方，好好安葬它。

屋后许久没用过的沙堆是我们为小鸟选的墓地，我们在那里挖了一个坑，然后小心翼翼地把小鸟放了进去，埋好以后，还从田野里采来各种颜色的无名小花插在坟地周围，暮色四合，我心中不禁生起一丝悲戚。我相信，那一刻小雪一定和我有着相同的感受。

记得那时候去小雪家玩，她还会像个小老师一样，有模有样地教我背诵诗歌。

"离离原上草，一岁一枯荣。"

"故人西辞黄鹤楼，烟花三月下扬州。"

"日暮乡关何处是，烟波江上使人愁。"

"春眠不觉晓，处处闻啼鸟。"

"红军不怕远征难，万水千山只等闲。"

从白居易、李白……孟浩然到毛泽东，她不知教会了我多少首诗，这也使我一上小学就受到了老师的表扬。因此，我对小雪的喜爱之情更加深了一层。

美好的时光一直持续到小雪读初一，那一年她被父亲接到了市里。从此，我便和她失去了联系。只偶尔从父亲口中听说，小雪的父亲混得风生水起，她转学之后成绩还是一如既往的优秀。

直到许多年后，我上了高中，拥有了人生的第一部手机，第一件事就是联系小雪。此时距我们那无忧无虑的童年，已经过去整整七年了。

"喂？"

"是我啊，小雪姐！小丸子。"

本以为接到我的电话，小雪会和我一样激动，她也还会像以前一样，滔滔不绝地跟我分享她现在的生活，甚至还会迫不及待地邀请我去找她玩。

"嗯……是你啊，你怎么会有我的电话呢？"短暂的沉默之后，"……有什么事吗？"

听到她的问话，我忽然不知道该怎么接话了。回过神来后，我努力克制着自己激动的心情，说道："小雪姐，好多年没联系了，你……最近怎么样啊？"

"挺好的。"小雪的回复依旧很简短，并且也没有后话。

我的心情非常低落，回了句"噢"，随后也陷入了沉默。小雪见我许久没说话，便又说道："没什么事，我先挂了哈，跟朋友约好了，正准备出去看电影呢。"

"嗯嗯，好的。"

挂掉电话，我心中很不是滋味，感觉所有幻想中的期待都落空了，那些如烟的往事仿佛真的被风轻轻一吹就散了。

再一次见到小雪，是有一年十一国庆节放假。

那一年，她家族里有一个堂哥结婚，我在她堂哥家院子里远远地看见她，她跟一群人簇拥着新娘，我激动得大声喊出了她的名字。

只见小雪转过头来，目光穿过人群看见了我，并冲我笑了笑，接着也喊出了一声我的名字。我听到后非常高兴，以为她没有忘记我们小时候的快乐时光，可我们的这次见面，也仅限于打了一声招呼，两个人甚至都不曾穿过人群走到对方身边。有那么一瞬间，我无比真切地感受到了我们之间的隔阂与距离。我清楚地意识到，她再也不是我记忆中那个和我一起养鸟，还教我背诗的邻家大姐姐了。

小雪的父亲和我父亲是发小，两个人都在外地谋生，但他俩的境遇却大不相同。小雪的父亲是改革开放后第一批大学生，他大学毕业后进入一家很有实力的企业，后来慢慢进入单位的管理层。而我的父亲高中没读完就辍学了，一直靠打工挣点辛苦钱，勉强支撑一家人的开销，家底相当单薄。那时候她父亲已经升任那家企业的老总，成为名副其实的一把手了，每天找他合作、求他办事的人络绎不绝。

最近一次见小雪，是因为一次资源扩展合作。我所在的公司想要拓展通信业务上的新资源合作，不知道公司通过什么途径，得知我父亲和小雪父亲的关系，非把我安排成排头兵出去拓展资源。这可真让我犯了难！我的父亲一直奉行"万事不求人"的原则活了大半辈子，自己再苦再难都不愿意麻烦别人，当我向父亲开口的时候，他沉默了很久，直到第二天才点头默许。

我不知道父亲经历了怎样的挣扎，但父亲却知道他的女儿刚结婚一年，背着房贷、车贷，面临着随时都可能被裁员的风险，生活压力非常大。最后，倔强了一生的父亲，为了他不争气的女儿，决定厚着脸皮去拜访小雪的父亲，为我的工作创造机会。

十多年不见，再见面时，一切都大不相同了。

这一次是我们长大分别之后，第一次近距离接触，我感觉和她仿佛已经完全不是一个世界的人了。

小雪礼貌而得体地招呼我们坐下喝茶，两位父亲也是一阵热烈的寒暄，表示以后多多联系，时常往来。接着话题不知不觉就聊到了小雪，我才得知小雪大学毕业后，读了工商管理硕士，之后开始创业，如今事业已经小有成就了，言谈间得知她还是一个颇具人气的自媒体博主。

说起儿时的趣事，她只是礼貌地微笑着点头，似乎并不如我那般怀念。或许，她离开那个小乡村后经历了其他更有趣的事，或许她真的已经忘记那段岁月了。如今的她还是像小时候一样耀眼和令我羡慕，可我却清楚地感觉到了我们之间的隔膜，仿佛一道看不见的高墙，是的，我们再也回不到过去了。

我想，把记忆里的那个人永远地留在记忆里，就是对他（她）最好的怀念。

经历了现实的磨炼，我慢慢开始接受自己的平凡，也越发"懂规矩"了。

虽然我们不像闰土那样，要面对战争和饥荒，可我们会面临失业、降薪，甚至破产，每个时代的人都有各自需要面对的问题。

当章运水接过父亲的锄头，当六个孩子饿着肚子时，当他接过鲁迅的馈赠时，当他看到鲁迅与他截然不同的优渥生活时，他又如何能像小时候一样，以天真无邪的大哥哥的身份，再给鲁迅讲述那些"上不得台面"的东西呢？

原文欣赏

故乡

鲁迅

我冒了严寒，回到相隔二千余里，别了二十余年的故乡去。

时候既然是深冬；渐近故乡时，天气又阴晦了，冷风吹进船舱中，呜呜的响，从篷隙向外一望，苍黄的天底下，远近横着几个萧索的荒村，没有一些活气。我的心禁不住悲凉起来了。

阿！这不是我二十年来时时记得的故乡？

我所记得的故乡全不如此。我的故乡好得多了。但要我记起他的美丽，说出他的佳处来，却又没有影像，没有言辞了。仿佛也就如此。于是我自己解释说：故乡本也如此，——虽然没有进步，也未必有如我所感的悲凉，这只是我自己心情的改变罢了，因为我这次回乡，本没有什么好心绪。

我这次是专为了别他而来的。我们多年聚族而居的老屋，已经公同卖给别姓了，交屋的期限，只在本年，所以必须赶在正月初一以前，永别了熟识的老屋，而且远离了熟识的故乡，搬家到我在谋食的异地去。

第二日清早晨我到了我家的门口了。瓦楞上许多枯草的断茎当风抖着，正在说明这老屋难免易主的原因。几房的本家大约已经搬走了，所以很寂静。我到了自家的房外，我的母亲早已迎着出来了，接着便飞出了八岁的侄儿宏儿。

我的母亲很高兴，但也藏着许多凄凉的神情，教我坐下，歇息，喝茶，且不谈搬家的事。宏儿没有见过我，远远的对面站着只是看。

但我们终于谈到搬家的事。我说外间的寓所已经租定了，又买了几件家具，此外须将家里所有的木器卖去，再去增添。母亲也说好，而且行李也略已齐集，木器不便搬运的，也小半卖去了，只是收不起钱来。

"你休息一两天，去拜望亲戚本家一回，我们便可以走了。"母亲说。

"是的。"

"还有闰土，他每到我家来时，总问起你，很想见你一回面。我已经将你到家的大约日期通知他，他也许就要来了。"

这时候，我的脑里忽然闪出一幅神异的图画来：深蓝的天空中挂着一轮金黄的圆月，下面是海边的沙地，都种着一望无际的碧绿的西瓜，其间有一个十一二岁的少年，项带银圈，手捏一柄钢叉，向一匹猹尽力的刺去，那猹却将身一扭，反从他的胯下逃走了。

这少年便是闰土。我认识他时，也不过十多岁，离现在将有三十年了；那时我的父亲还在世，家景也好，我正是一个少爷。那一年，我家是一件大祭祀的值年。这祭祀，说是三十多年才能轮到一回，所以很郑重；正月里供祖像，供品很多，祭器很讲究，拜的人也很多，祭器也很要防偷去。我家只有一个忙月（我们这里给人做工的分三种：整年给一定的人家做工的叫长年；按日给人做工的叫短工；自己也种地，只在过年过节以及收租时候来给一定的人家做工的称忙月），忙不过来，他便对父亲说，可以叫他的儿子闰土来管祭器的。

我的父亲允许了；我也很高兴，因为我早听到闰土这名字，而且知道他和我仿佛年纪，闰月生的，五行缺土，所以他的父亲叫他闰土。他是能装弶捉小鸟雀的。

我于是日日盼望新年，新年到，闰土也就到了。好容易到了年末，有一日，母亲告诉我，闰土来了，我便飞跑的去看。他正在厨房里，紫色的圆脸，头戴一顶小毡帽，颈上套一个明晃晃的银项圈，这可见他的父亲十分爱他，怕他死去，所以在神佛面前许下愿心，用圈子将他套住了。他见人很怕羞，只是不怕我，没有旁人的时候，便和我说话，于是不到半日，我们便熟识了。

我们那时候不知道谈些什么，只记得闰土很高兴，说是上城之后，见了许多没有见过的东西。

第二日，我便要他捕鸟。他说：

"这不能。须大雪下了才好。我们沙地上，

下了雪，我扫出一块空地来，用短棒支起一个大竹匾，撒下秕谷，看鸟雀来吃时，我远远地将缚在棒上的绳子只一拉，那鸟雀就罩在竹匾下了。什么都有：稻鸡，角鸡，鹁鸪，蓝背……"

我于是又很盼望下雪。

闰土又对我说：

"现在太冷，你夏天到我们这里来。我们日里到海边检贝壳去，红的绿的都有，鬼见怕也有，观音手也有。晚上我和爹管西瓜去，你也去。"

"管贼么？"

"不是。走路的人口渴了摘一个瓜吃，我们这里是不算偷的。要管的是獾猪，刺猬，猹。月亮地下，你听，啦啦的响了，猹在咬瓜了。你便捏了胡叉，轻轻地走去……"

我那时并不知道这所谓猹的是怎么一件东西——便是现在也没有知道——只是无端的觉得状如小狗而很凶猛。

"他不咬人么？"

"有胡叉呢。走到了，看见猹了，你便刺。这畜生很伶俐，倒向你奔来，反从胯下窜了。

他的皮毛是油一般的滑……"

我素不知道天下有这许多新鲜事：海边有如许五色的贝壳；西瓜有这样危险的经历，我先前单知道他在水果店里出卖罢了。

"我们沙地里，潮汛要来的时候，就有许多跳鱼儿只是跳，都有青蛙似的两个脚……"

阿！闰土的心里有无穷无尽的希奇的事，都是我往常的朋友所不知道的。他们不知道一些事，闰土在海边时，他们都和我一样只看见院子里高墙上的四角的天空。

可惜正月过去了，闰土须回家里去，我急得大哭，他也躲到厨房里，哭着不肯出门，但终于被他父亲带走了。他后来还托他的父亲带给我一包贝壳和几支很好看的鸟毛，我也曾送他一两次东西，但从此没有再见面。

现在我的母亲提起了他，我这儿时的记忆，忽而全都闪电似的苏生过来，似乎看到了我的美丽的故乡了。我应声说：

"这好极！他，——怎样？……"

"他？……他景况也很不如意……"母亲说着，便向房外看，"这些人又来了。说是买木器，顺手也就随便拿走的，我得去看看。"

母亲站起身，出去了。门外有几个女人的声音。我便招宏儿走近面前，和他闲话：问他可会写字，可愿意出门。

"我们坐火车去么？"

"我们坐火车去。"

"船呢？"

"先坐船，……"

"哈！这模样了！胡子这么长了！"一种尖利的怪声突然大叫起来。

我吃了一吓，赶忙抬起头，却见一个凸颧骨，薄嘴唇，五十岁上下的女人站在我面前，两手搭在髀间，没有系裙，张着两脚，正像一个画图仪器里细脚伶仃的圆规。

我愕然了。

"不认识了么？我还抱过你咧！"

我愈加愕然了。幸而我的母亲也就进来，从旁说：

"他多年出门，统忘却了。你该记得罢，"便向着我说，"这是斜对门的杨二嫂，……开豆腐店的。"

哦，我记得了。我孩子时候，在斜对门的豆腐店里确乎终日坐着一个杨二嫂，人都叫伊"豆腐西施"。但是擦着白粉，颧骨没有这么高，嘴唇也没有这么薄，而且终日坐着，我也从没有见过这圆规式的姿势。那时人说：因为伊，这豆腐店的买卖非常好。但这大约因为年龄的关系，我却并未蒙着一毫感化，所以竟完全忘却了。然而圆规很不平，显出鄙夷的神色，仿佛嗤笑法国人不知道拿破仑，美国人不知道华盛顿似的，冷笑说：

"忘了？这真是贵人眼高……"

"那有这事……我……"我惶恐着，站起来说。

"那么，我对你说。迅哥儿，你阔了，搬动又笨重，你还要什么这些破烂木器，让我拿去罢。我们小户人家，用得着。"

"我并没有阔哩。我须卖了这些，再去……"

"阿呀呀，你放了道台了，还说不阔？你现在有三房姨太太；出门便是八抬的大轿，还说不阔？吓，什么都瞒不过我。"

我知道无话可说了，便闭了口，默默的站着。

"阿呀阿呀，真是愈有钱，便愈是一毫不肯放松，愈是一毫不肯放松，便愈有钱……"圆规一面愤愤的回转身，一面絮絮的说，慢慢向外走，顺便将我母亲的一副手套塞在裤腰里，出去了。

此后又有近处的本家和亲戚来访问我。我一面应酬，偷空便收拾些行李，这样的过了三四天。

一日是天气很冷的午后，我吃过午饭，坐着喝茶，觉得外面有人进来了，便回头去看。我看时，不由的非常出惊，慌忙站起身，迎着走去。

这来的便是闰土。虽然我一见便知道是闰土，但又不是我这记忆上的闰土了。他身材增加了一倍；先前的紫色的圆脸，已经变作灰黄，而且加上了很深的皱纹；眼睛也像他父亲一样，周围都肿得通红，这我知道，在海边种地的人，终日吹着海风，大抵是这样的。他头上是一顶破毡帽，身上只一件极薄的棉衣，浑身瑟索着；手里提着一个纸包和一支长烟管，那手也不是我所记得的红活圆实的手，却又粗又笨而且开裂，像是松树皮了。

我这时很兴奋，但不知道怎么说才好，只是说：

"阿！闰土哥，——你来了？……"

我接着便有许多话，想要连珠一般涌出：角鸡，跳鱼儿，贝壳，猹，……但又总觉得被什么挡着似的，单在脑里面回旋，吐不出口外去。

他站住了，脸上现出欢喜和凄凉的神情；动着嘴唇，却没有作声。他的态度终于恭敬起来了，分明的叫道：

"老爷！……"

我似乎打了一个寒噤；我就知道，我们之间已经隔了一层可悲的厚障壁了。我也说不出话。

他回过头去说："水生，给老爷磕头。"便拖出躲在背后的孩子来，这正是一个廿年前的闰土，只是黄瘦些，颈子上没有银圈罢了。"这是第五个孩子，没有见过世面，躲躲闪闪……"

母亲和宏儿下楼来了，他们大约也听到了

声音。

"老太太。信是早收到了。我实在喜欢的了不得，知道老爷回来……"闰土说。

"阿，你怎的这样客气起来。你们先前不是哥弟称呼么？还是照旧：迅哥儿。"母亲高兴的说。

"阿呀，老太太真是……这成什么规矩。那时是孩子，不懂事……"闰土说着，又叫水生上来打拱，那孩子却害羞，紧紧的只贴在他背后。

"他就是水生？第五个？都是生人，怕生也难怪的；还是宏儿和他去走走。"母亲说。

宏儿听得这话，便来招水生，水生却松松爽爽同他一路出去了。母亲叫闰土坐，他迟疑了一回，终于就了坐，将长烟管靠在桌旁，递过纸包来，说：

"冬天没有什么东西了。这一点干青豆倒是自家晒在那里的，请老爷……"

我问问他的景况。他只是摇头。

"非常难。第六个孩子也会帮忙了，却总是吃不够……又不太平……什么地方都要钱，没有定规……收成又坏。种出东西来，挑去卖，总要捐几回钱，折了本；不去卖，又只能烂掉……"

他只是摇头；脸上虽然刻着许多皱纹，却全然不动，仿佛石像一般。他大约只是觉得苦，却又形容不出，沉默了片时，便拿起烟管来默默的吸烟了。

母亲问他，知道他的家里事务忙，明天便得回去；又没有吃过午饭，便叫他自己到厨下炒饭吃去。

他出去了；母亲和我都叹息他的景况：多子，饥荒，苛税，兵，匪，官，绅，都苦得他像一个木偶人了。母亲对我说，凡是不必搬走的东西，尽可以送他，可以听他自己去拣择。

下午，他拣好了几件东西：两条长桌，四个椅子，一副香炉和烛台，一杆抬秤。他又要所有的草灰（我们这里煮饭是烧稻草的，那灰，可以做沙地的肥料），待我们启程的时候，他用船来载去。

夜间，我们又谈些闲天，都是无关紧要的话；第二天早晨，他就领了水生回去了。

又过了九日，是我们启程的日期。闰土早晨便到了，水生没有同来，却只带着一个五岁的女儿管船只。我们终日很忙碌，再没有谈天的工夫。来客也不少，有送行的，有拿东西的，有送行兼拿东西的。待到傍晚我们上船的时候，这老屋里的所有破旧大小粗细东西，已经一扫而空了。

我们的船向前走，两岸的青山在黄昏中，都装成了深黛颜色，连着退向船后梢去。

宏儿和我靠着船窗，同看外面模糊的风景，他忽然问道：

"大伯！我们什么时候回来？"

"回来？你怎么还没有走就想回来了。"

"可是，水生约我到他家玩去咧……"他睁着大的黑眼睛，痴痴的想。

我和母亲也都有些惘然，于是又提起闰土来。母亲说，那豆腐西施的杨二嫂，自从我家收拾行李以来，本是每日必到的，前天伊在灰堆里，掏出十多个碗碟来，议论之后，便定说是闰土埋着的，他可以在运灰的时候，一齐搬回家里去；杨二嫂发现了这件事，自己很以为功，便拿了那狗气杀（这是我们这里养鸡的器具，木盘上面有着栅栏，内盛食料，鸡可以伸进颈子去啄，狗却不能，只能看着气死），飞也似的跑了，亏伊装着这么高底的小脚，竟跑得这样快。

老屋离我愈远了；故乡的山水也都渐渐远离了我，但我却并不感到怎样的留恋。我只觉得我四面有看不见的高墙，将我隔成孤身，使我非常气闷；那西瓜地上的银项圈的小英雄的影像，我本来十分清楚，现在却忽地模糊了，又使我非常的悲哀。

母亲和宏儿都睡着了。

我躺着，听船底潺潺的水声，知道我在走我的路。我想：我竟与闰土隔绝到这地步了，但我们的后辈还是一气，宏儿不是正在想念水生么。我希望他们不再像我，又大家隔膜起来……然而我又不愿意他们因为要一气，都如我的辛苦展转而生活，也不愿意他们都如闰土的辛苦麻木而生活，也不愿意都如别人的辛苦恣睢而生活。他们应该有新的生活，为我们所未经生活过的。

我想到希望，忽然害怕起来了。闰土要香炉和烛台的时候，我还暗地里笑他，以为他总是崇拜偶像，什么时候都不忘却。现在我所谓希望，不也是我自己手制的偶像么？只是他的愿望切近，我的愿望茫远罢了。

　　我在朦胧中，眼前展开一片海边碧绿的沙地来，上面深蓝的天空中挂着一轮金黄的圆月。我想：希望是本无所谓有，无所谓无的。这正如地上的路；其实地上本没有路，走的人多了，也便成了路。

一九二一年一月

　　（本文依据人教部编版［五·四学制］
九年级语文上册）

游褒禅山记：

做难事，必有所成

　　理想之所以被称为理想，因为它始终给人希望，只是在追求理想的路上，充满了坎坷与阻碍。如果没有全力以赴，过早地放弃，那该是一种怎样的遗憾呢?

　　至和元年（1054年），王安石辞去了舒州（今安徽潜山）通判之职，回乡探亲。途中，他听闻褒禅山风景秀丽，于是决定携两个弟弟和朋友一同前往游览一番。

　　褒禅山也被称为华山。唐朝贞观年间，高僧慧褒大师曾在此修行，圆寂之后又葬于此地，因此此地又被叫作褒禅山。从这里往下有一个山洞，就是人们常说的前洞，此处前半段平坦空阔，有一股山泉汩汩涌出，因此来此地题字游玩的人很多。从这个山洞往上五六里，有一个更加幽深的洞穴，几乎没有人知道它究竟有多深，即便是那些热衷于探险的人也不曾走到尽头，这就是传说中的"后洞"。

王安石一行人兴趣盎然决意一探究竟，他们举着火把走了进去，洞穴漆黑深不可测，里面寒意逼人，越往里面走去，景色越发奇妙，路也更加崎岖难行。再往深处走去时，山洞的墙壁上已经不见有人题字了，已经到了人迹罕至的地方了，但比起那些喜欢探险的人到达过的深度，却还不及其十分之一。就在此时，有个伙伴突然打起了退堂鼓，说火把快熄灭了，再不出去怕是要有危险。众人一听，不假思索便纷纷跟着掉头退出了山洞。退出山洞之后，王安石发现自己的体力还足以支撑他继续前进，而火把也还有充足的燃料。

也有几个伙伴开始后悔提早出来了，甚至有人埋怨起了那个打退堂鼓的人。王安石也后悔了，后悔没能一睹洞中深处的绝妙美景，于是他发出了这样一段感慨："古人之观于天地、山川、草木、虫鱼、鸟兽，往往有得，以其求思之深而无不在也。夫夷以近，则游者众；险以远，则至者少。而世之奇伟、瑰怪、非常之观，常在于险远，而人之所罕至焉。故非有志者，不能至也。"

古人探究天地山川、草木丛林、鸟兽虫鱼等万物的奥秘，皆能有所得，那是因为他们思考问题时，视角广大而全面，探究问题深邃而幽微。联想到此前探查洞穴的事情，距离人们生活区较近且道路平缓容易到达的景点，前来游览的人自然就多；路途艰险而又偏远的景点，难免少有人至。这个世界上雄伟奇妙、瑰丽奇绝、难得一见的景观，常常在那些人迹罕至的僻静偏远之地。那样的美景，一般人也很难领略得到，除非有过人的信念啊！

接着，他又进一步思考到一个人即便具备了过人的志气，同时也没有因听从他人意见而盲目放弃，但如果没有强健的体魄的话，同样也不能到达。一个人既有过人的志气与强健的体力，也没有盲从他人而有所懈怠，在幽深昏暗之地时，他还需要有必不可少的工具加以辅助，只有这些条件都具备了，才有可能领略到常人难以领略的景色。

经过一番自我反省，王安石认为凭借自己的力量足以达到目的却未能达到的话，被别人讥笑是无可厚非的，因为在自己来说也是有所悔恨的；而如果尽了自己的心志仍然未能达到，那便可以无所悔恨了。

《游褒禅山记》虽说是一篇游记，但王安石笔下没有对风景的描写，通篇都是议论，是对自己的反省与勉励，并且得出了只有尽心志而拼尽全力才能不后悔的道理。事实上，王安石也做到了。

"安石不出，当如苍生何！"若不是对王安石寄予厚望，他的父亲又怎会用谢安的字来为他取名。王安石自幼聪颖，志向远大，待年岁稍长时，便跟随父亲宦游各地，目睹了人间疾苦。这段人生经历，更加坚定了他矫世变俗的决心。

宋仁宗末年，王安石曾主张对国家旧有的法度进行大力改革，特作《上仁宗皇帝言事书》详细阐述改革的必要性，无奈宋仁宗没有采纳。之后，王安石曾屡次被朝廷委以重任，他均固辞不就，朝中同僚皆以为他无心仕途。殊不知，王安石心怀家国天下，若不能励精图治，改变宋朝积贫积弱的现状，又如何实现治国平天下的理想呢？

　　他只是在等，等那个与他有着同样抱负的人，那个与他一样决心变法改革的人。

　　皇天不负有心人，王安石终于等到了那个人。

　　治平四年（1067年），宋神宗即位，此时国库亏空，社会矛盾加剧，百姓不得安居乐业。为了摆脱困境，宋神宗召见王安石商量治国对策。王安石认为，想要解决宋王朝面临的问题，唯有变法革新这一条途径。宋神宗认同王安石的变法主张，大力推行改革，势要扭转时局。

　　朝中的保守派极力阻挠变法的推行，到变法后期，变法派内部分裂严重，迫于保守派的压力，宋神宗对变法的决心开始动摇了，王安石曾两度被罢相。但王安石一生变法之"志"无比坚定，为变法付出了全部心力，其独子王雱甚至因变法之事忧愤成疾，而英年早逝。

　　元丰八年（1085年），宋神宗去世，年幼的宋哲宗即位，年幼的皇帝不能处理政事，太皇太后高氏把持朝政，她极力反对变法，在司马光等保守派的反对声中，新法被全面废除了。次年，王安石郁郁寡欢，病逝在钟山。

尽管王安石的变法没有成功，时人对他也有诸多非议，但是我相信，当王安石在回顾他的一生时，他一定不会后悔，因为他真正做到了"尽吾志"，可以无悔此生了！

可我们有底气说出这句话吗？我想大部分人恐怕没有吧。

根据所学的专业，大学毕业之后，我成了一家公立幼儿园的幼师。这份工作待遇尚可，工作氛围也不错，一时成为许多人羡慕的对象。可以说，这份工作十分符合父母的心意，却不是我想要的。

我的外公是一个"赤脚中医"，我小时候经常听他讲一些大医仁心仁术、救死扶伤的故事。在他的故事里，那些大夫不惜跋山涉水，有时还会遭受误解，甚至受人驱赶，为了救死扶伤，他们毫不计较个人得失。每每听到这些故事，我总会感动得泪流满面。或许就是从那时起，我的心里种下了一颗救死扶伤的种子。

可高考结束后，父亲执意让我选报幼师专业，因拗不过父亲，我最终还是遵从了他的意愿。其实，我一直对幼师专业不感兴趣，工作之后也谈不上热爱，所以忍耐了两年之后，实在不想委曲求全，希望找到自己真正热爱的职业，于是开始有了另谋出路的想法。

有一天，跟一位同事聊天，她无意间提起一次被误诊的经历，她讲得惊心动魄，我听后十分后怕。话题不知不觉转到中医，这下我了解的故事可就多了，有那么一瞬间，我感觉到我心中那颗"救死扶伤"的种子重新萌芽了。说来也神奇，这颗种子一旦被唤醒出来，仿佛就被注入了神奇的魔力般，一路疯长了起来。我要成为一名中医，这个念头在我心中变得越来越清晰，越来越强烈，我清楚地感觉到是时候改变了。

得知此事后，朋友觉得我的选择很疯狂，不知是夸我勇敢，还是笑我异想天开；父母则埋怨我太冲动，狠狠地把我数落了一通。但事已至此，他们也只能接受，不过，父亲为了表达强烈的反对，扬言从此以后不再给我一点经济上的支持。事实证明，父亲远比我更了解我自己。

经舅舅引荐，我拜在一位老中医门下，做起了学徒。除了我，老师还带了另一个学徒，那是一位比我年长的师哥，他当时三十岁，据说因为老师治好了他多年的顽疾，因此对中医产生了极大的兴趣，所以决心投身中医，但在此之前对中医一无所知，没有任何中医基础。

我当时不到二十五岁，头脑灵活，记忆力也好，药方和药性几天就记住了，抓药时对重量的估计也比较准。相比之下，师哥常常背不下汤头，为此没少挨老师的骂。本以为老师会更喜欢我，可恰恰相反，这不仅令我百思不得其解，也曾一度非常失落，但在自尊心的驱使下，又不得不装出一副满不在乎的样子。

老师学经方出身，教授我们所用的教材是《胡希恕讲伤寒杂病论》和《胡希恕〈金匮要略〉学习笔记》。胡希恕是当之无愧的国医大师，他能把高深的医学知识深入浅出地讲解出来，或许正是因为这个，竟让我产生了一种中医不难学的错觉。

按照老师的要求，要先把这两本书吃透，然后才会带我们看病抓药。我用了整整一年的时间，终于将这两本书背熟，而且还用书中的方剂化裁，帮亲朋好友治好了一些小毛病，这让我颇有成就感。

接下来，我有机会跟着老师出诊，听他讲各种脉象的特点。到这一步时，我开始感觉吃力了，有些脉象的区别很细微，我总是分辨不清楚。半年后，老师让我们学习《难经》《神农本草经》《黄帝内经》等医学经典，并要求我们不看现代医者们的注释和讲解，老师说学中医最重要的是要有自己的领悟。

这就更让我犯难了，我古汉语基础很差，如果没有讲解注释，文言文根本就看不懂。我把自己的苦恼告诉了老师，老师说让我多向师哥学习，其他没再多说什么。原来因为看不懂文言文，师哥已经开始自学王力的《古代汉语》了。没办法，我也只能硬着头皮从古汉语开始学起。

狠下了一番功夫后，我总算能够看懂医书古籍的大意了。经过几个月的练习，开始学习针灸。

小时候，听外公讲故事时，只是觉得热血沸腾，一心想为人们解除病患苦痛，不知道中医学起来有多么难，可当我真正学习起来，才发现这门学科体系如此庞大，学问如此深沉，是一个极其需要钻研精神的职业。跟随老师学习了两年后，我打算报考中医执业医师资格证，老师却让我不要急，这几年先把基础打扎实，再过几年证书是水到渠成的事。可我听不进去，也等不了，觉得自己坚持了这么久，如果再得不到正向回馈，真的坚持不下去。学医第三年，我报名参加了考试，结果一无所获，让我倍感失落。再加上，做学徒的三年期间，没有工资，而之前的积蓄也几乎全都用完，家里也不给我任何经济上的支持。

现实永远是横在理想面前的一座大山。此时我的耐心也即将耗尽，权衡再三之后，我无奈地选择了放弃。当老师得知我要半途而废时，并不感到惊讶，仿佛早已预料到一般，他也没多说什么，只教我戒骄戒躁，否则做什么事都难成。离开之前，我去跟师哥告别，顺便也想看看他能否坚持到底。才知道原来师哥的处境比我还艰难，这么多年他一直没有收入，家庭的开支全靠他妻子一人，因此对他颇有怨言，但师哥却心志坚定，说自己好不容易才走到这一步，绝不会半途而废。

听完，我无限怅然，一方面佩服师哥的坚定，一方面也替他的不自知而感到惋惜。因为我不相信看上去笨笨的他，真的能够学好中医这门渊博庞杂的学问。

回去之后，我又找了一份工作，自此绝口不提"理想"二字。

有一次，偶然刷朋友圈，看到师哥感慨考试失败，我不由得暗自庆幸自己离开得早。

两年后的一天，我从朋友圈刷到了一条信息——师哥执业医师考试成绩合格，不知怎的，我心中忽然无比失落，感觉自己仿佛失去了什么。我又在老师任职的那家中医馆的公众号上，看到了师哥的出诊信息。那一刻，我的心里更不是滋味了。

与其说是妒忌，不如说是后悔。学中医那会儿，中医馆的医生都说我的悟性比师哥高得多，可是我没有坚持下去。或许当时离理想只有一步之遥，可我却退缩了。

"世之奇伟、瑰怪、非常之观，常在于险远，而人之所罕至焉。故非有志者，不能至也。"

那一刻，王安石这句话突然闪现在我的脑海中，像是对我的嘲弄。

做难事必有所得，而胸无大志之人只能泯然众人矣。

我想，我会记住这个道理。

原文欣赏

游褒禅山记

宋·王安石

褒禅山亦谓之华山。唐浮图慧褒始舍于其址，而卒葬之；以故其后名之曰"褒禅"。今所谓慧空禅院者，褒之庐冢也。距其院东五里，所谓华山洞者，以其乃华山之阳名之也。距洞百余步，有碑仆道，其文漫灭，独其为文犹可识，曰"花山"。今言"华"如"华实"之"华"者，盖音谬也。

其下平旷，有泉侧出，而记游者甚众，所谓前洞也。由山以上五六里，有穴窈然，入之甚寒，问其深，则其好游者不能穷也，谓之后洞。余与四人拥火以入，入之愈深，其进愈难，而其见愈奇。有怠而欲出者，曰："不出，火且尽。"遂与之俱出。盖余所至，比好游者尚不能十一，然视其左右，来而记之者已少。盖其又深，则其至又加少矣。方是时，余之力尚足以入，火尚足以明也。既其出，则或咎其欲出者，而余亦悔其随之而不得极夫游之乐也。

于是余有叹焉。古人之观于天地、山川、草木、虫鱼、鸟兽，往往有得，以其求思之深而无不在也。夫夷以近，则游者众；险以远，则至者少。而世之奇伟、瑰怪、非常之观，常在于险远，而人之所罕至焉，故非有志者，不能至也。有志矣，不随以止也，然力不足者，亦不能至也。有志与力，而又不随以怠，至于幽暗昏惑而无物以相之，亦不能至也。然力足以至焉，于人为可讥，而在己为有悔；尽吾志也而不能至者，可以无悔矣，其孰能讥之乎？余之所得也。

余于仆碑，又以悲夫古书之不存，后世之谬其传而莫能名者，何可胜道也哉！此所以学者不可以不深思而慎取之也。

　　四人者：庐陵萧君圭君玉，长乐王回深父，予弟安国平父、安上纯父。至和元年七月某日，临川王某记。